BIANDI FENGQING SANWEN XILIE
BIANDI BIJI

边地风情散文系列
边地笔记

 时代出版传媒股份有限公司
安徽文艺出版社

黄恩鹏 ◎ 著

黄恩鹏,满族,中国作协会员。著有长篇非虚构文学《到一朵云上找一座山》《撒尼秘境》《阳光陪伴成长》,长篇儿童文学《桑珠孜的美术课》,散文诗集《过故人庄》《时间的河》,理论专著《散文诗艺术审美》等。现居北京海淀。

边地风情散文系列

黄恩鹏◎著

边地笔记

BIANDI FENGQING SANWEN XILIE
BIANDI BIJI

时代出版传媒股份有限公司
安徽文艺出版社

图书在版编目（CIP）数据

边地笔记/黄恩鹏著.—合肥：安徽文艺出版社,2024.5
（边地风情散文系列）
ISBN 978-7-5396-7565-7

Ⅰ.①边… Ⅱ.①黄… Ⅲ.①散文集－中国－当代 Ⅳ.①I267

中国版本图书馆 CIP 数据核字(2022)第 193566 号

| 出 版 人：姚 巍 | 策　划：张妍妍 |
| 责任编辑：姚爱云 | 装帧设计：张诚鑫 |

出版发行：安徽文艺出版社　　www.awpub.com
地　　址：合肥市翡翠路 1118 号　邮政编码：230071
营 销 部：(0551)63533889
印　　制：安徽新华印刷股份有限公司　(0551)65859551

开本：710×1010　1/16　印张：18　字数：160 千字
版次：2024 年 5 月第 1 版
印次：2024 年 5 月第 1 次印刷
定价：88.00 元

（如发现印装质量问题，影响阅读，请与出版社联系调换）
版权所有，侵权必究

目录

第一章:李仙江河谷 / 001

第二章:李仙江秘境 / 047

第三章:看羊寨 / 072

第四章:迁糯村寨 / 100

第五章:班拉古榕 / 121

第六章:边地小镇 / 139

第七章:景迈山 / 164

第八章:布朗山 / 193

第九章:高黎贡山 / 208

第十章:点苍山 / 248

跋:孤独的地志学 / 281

第一章：李仙江河谷

1. 边地三国

李仙江，边境线。中国、老挝、越南，在这里山与山相抱，水与水相拥，岸与岸相对，国与国相连。三个国家的边界，在此拼接、缝合；三个国家的哈尼人，在此聚集、生活。

4月，边地雨季，天空阴郁。一早，我与几位摄影家乘小巴车，从江城勐烈镇出发，中午到达曲水镇的土卡河村。

李仙江段土卡河村，是整个普洱地区的最低点，海拔317米，是"抬头碰着天，低头碰着河"的江边渔村。人在江边溜达，随时能捡到晶莹剔透、纹路精美的石头。这些石头遍布滩岸，被江水浸着，被山风吹着，被雨水淋着，被阳光晒着。滩细水静，是个避风港。铁皮船和黄梁木凿成的猪槽船，被一根根浸了猪油的麻绳牵着，刮风下雨，不会漂走。村寨农人，既是樵夫，亦是渔人，随时解缆，到江里捕鱼。我们乘坐猪槽船进入李仙江，顺水向南漂流。一路上江水起伏如森林涌叠。迎面山风挟着涛裹着浪,拍打船体。说话声,被风吹变了调儿;近岸树林,被江波颠得起伏。40分钟后,抵达越南黑水河。清澈湍急的李仙江与浑黄幽深的黑水河,于此处以一清一浊、颜色迥异的自然分界线,隔开了国与国的疆界。行船至此,上岸。俯瞰清浊分明的李仙江与黑水河,拥挤着、激荡着,绷着劲儿,彼此不松动,绞拧在一起。

李仙江与黑水河同属一条河流。河流的续接,衍生出非凡的人文。19世纪末,法国人亨利·奥尔良王子一行,从越南北部湾出发,沿红河流域北上,进入云南。他在《云南游记——从东京湾到印度》一书中,记录了他用一年时间,从东京湾出发,五次横渡澜沧江,两度取道怒江峡谷,穿越横断山脉,最后经缅甸到达印度的经历,为后来的探险者留下了宝贵的秘境资料:

> 1895年3月26日,我们到达了黑水河左岸,只见浑红的河水滔滔奔流,河宽约80米,两岸峰峦如聚,一派青葱,但没有红河沿岸的山峰那么高。我们刚才沿河而下的小溪清澈白润,跟这里的河水颜色形成明显的反差。但在东京湾地区,黑水河的河水又褪掉了色泽。黑水河在这里叫李仙江,上游称为把边江,下游称为沱江,从这里走八天水路可以到达莱

州……我们分几次乘坐长长的独木舟,很容易地过了河。牲口都是凫水过河,它们开始做这种练习了。有两头牲畜脾气很犟,只好把它们的笼头拴在了船尾。驮茶的骡子每头会钱五文,行人的价格不固定,给点小费就了事。

李仙江两岸,山峦耸立,森林稠密。江水从两山之间蜿蜒流淌,时缓时急,水势浩大。没有修建土卡河电站和戈兰滩电站之前,江中鱼类繁多,有大青鱼、棍子鱼、蛇鱼、面瓜鱼、豹子鱼、弯丝鱼、大肚子鱼、红尾巴鱼、大嘴鱼、细鳞鱼、长胡子鱼等。一网下去,五颜六色。普洱作家郑立学先生在《李仙江的鱼》一文中,列举了李仙江鱼种。我随他到土卡河村采风,听到寨子里的人打趣儿:我们这里条件不好,只好把鱼养在大江大河里;没有条件喂饲料,只好让鱼吃点江河里的小虾、小虫、微生物。一位从李仙江打鱼归来的傣族小伙,怀里抱着刚刚打上来的一条十多斤的面瓜鱼。这条乌青大鱼,滚圆结实,似大面瓜,头粗尾细,胡须长长。傣族女人把鱼剖膛破肚,掏出内脏,洗净鱼身,切段,满满一盆鱼肉,加入酸菜和辣椒,舀来山泉,用铜锅烹煮。整个寨子弥漫着一条江的味道。若是夜晚,意境更美:满天星斗,一江涛声。一尾鱼,一壶酒,三两知己,在月夜下喝酒聊天,消磨美丽时光。

每年4月，阴雨不尽。而1月和2月，则是气候最舒适的月份。某年冬天，我与鸟类摄影家钟建光先生再探十层大山。我们沿着曲折盘旋的山路，进入边境龙富口岸，深入长满桫椤树的大山，踏上塌陷了的细窄栈道路段，登临茫茫云海笼罩的山顶，见到了上次因为大雨阻路，没能抵达的中、老、越三国三棱形"0号界碑"。

"0号界碑"就在山顶脊部的一个小小平坝子上。当地向导站在界碑前，分别朝三个不同方向比画——东边，是越南的小山村白尼河；南边，是老挝的石膏河；北边，是云南普洱江城的牛倮河。就在我们登临山顶之前，抵达九层山1号界碑附近时，遇到了一位搭车回家的老挝妇女。这位老挝妇女前几天翻山过来，到她妹妹家吃酒。她妹妹嫁到了怒娜村。妹妹家杀猪，邀她来吃酒，今天返回老挝的家。我们下山时，又遇到赶牛过来的越南勐念阿巴寨子的一位青年农人，他把两头"越界的牛"送回龙富一位农户家。向导告诉我，这种"牛越界"的事情，对外地人来说，可能是件不寻常的事，对当地百姓来说，却又是再寻常不过的事呢。青年农人说："牛哪里克（去），人能管吗？"

牛在山坡吃草，浑然不觉，翻山越界到了"国外"。牛遍山游走，钻森林，找溪水，寻肥草，觅果实，随心所欲，出入自由。牛的愿望只有草,哪里有草就到哪里。无论越南村寨、老挝村寨,还是中国村寨,或都认得那些牛是哪家哪户的。有时主人家还能在3号界碑那边的三国街碰面,彼此还要寒暄几句。三个国家的哈尼人,直接以民间方式处理"牛事"。而以牛的"越界"为缘由,也给了三个国家的哈尼农人交往机会。现实生活中,便有了许多趣事:某国农户,将牛收留,养几天,"黄牛胖了",翻山送回。迎牛回家,村民就会宰一只土鸡,到江里捉几条红尾巴鱼或弯丝鱼,割一个木瓜,刨两根甜笋,拔三棵青菜,摘四朵芭蕉花,泡一盆红蘑,做一桌子香喷喷的菜肴,掺和酒喝噶。为感谢同族人对牛的照顾,就用酒茶款待。怒娜村、高山村等寨子每家都有牛。牛,是一个家庭财富的象征。牛吃得膘肥体胖,主人自然高兴。这时候,伢倪们(哈尼语,哥哥弟弟的意思)聚在一起,猜拳吆喝,酩酊大醉,也合情理。没嫁的没娶的青年男女,一拍即合,就有了越界之恋、跨国之婚姻。

边地曲水,第30届普洱三国哈尼历年节正在举办。与越南、老挝有着183公里的边城曲水镇,以哈尼人的生活方式为主体,推出了"三国哈尼族团拢古宴"。哈尼历年节是从20世纪80年代开始的,2006年被正式确定为集体性的节日。哈尼族除了与汉族一样过春节、清明节和端午节,还有自己传统的与原始宗教信仰密切相关的米索扎、昂玛突和忆苦扎三个重要节日。这些节日凸显出地道的民间本态。

比如"忆苦扎"节日，内容是"叫魂"。在来思茅到江城途中，就"忆苦扎"的内涵，我向同车的一位哈尼族妇女请教。她告诉我，过去都是以家庭或者村寨为单位来庆祝这个活动的，有点儿像做法事，现在变成了群体活动。"忆苦扎"或称"喊魂""喊惊"。哈尼族的先人认为，人年纪大了，身患重病，终老之际，魂魄离开了身体，要由全寨子的人为其招魂，把魂儿喊回来。招魂要在庄重的场合进行，天显灵，地显灵。众人的气场只有浓厚，才能够凝聚山的能量、水的能量，从而驱走病魔。天地能量，就是自然气脉。初升的太阳、奔腾的江河、层叠的山岭、茂密的森林，都是能量。它带着自然气息，焕发力量，驱邪除魔，重现生机。举行忆苦扎的最佳时节是每年农历六月。由寨子里年长女人抱来两只壮鸡，斟满土酒，敬天一杯，敬地一杯，唱诵哈尼族经文。先叫山水魂，再叫寨子魂、粮食魂、牲畜魂、全寨子的魂，整个寨子都在叫魂，最后自己叫自己的魂。叫魂，体现了浓烈的自然崇拜，敬天法祖，感恩自然，感恩神灵赐予哈尼人五谷和牲畜。是祭祀，也是庆典。村寨之间的农人相互来往、相互祝福。

新年过后挂红蛋、一茶二酒三清水四米饭、杀猪杀鸡献祭龙神（寨神）活动亦好看。

万物皆有灵。哈尼族是信奉多神宗教的民族。哈尼人居高山之顶，这里阳光充足，雨水充沛。因此，大地万物，与人一样，有肉体，有灵魂。花儿草儿、树和竹从泥土里长出来的生命，都有魂儿。石头也有魂儿，箐里的石头、埋在土里的石头、藏在水里的石头、树下面的石头。魂儿和魂儿是不一样的，"都是活着的！"那个哈尼族妇女说。

2. 哈尼历年节

云南普洱江城县被称为"一脚踏三国，三江环一县"的城市。

一脚踏三国：横断山余脉无量山尾端的十层大山，越南称宽罗栅山，老挝称柯拉山，是一座云南普洱江城县曲水镇与越南奠边省西北部及老挝丰沙里省北部的共有山峰。峰顶的三条脊线呈棱锥状散开，交点为三国界点，峰顶竖立一块花岗岩界碑。站立此处，中、老、越三国边境尽收眼底。山下三国之村寨，鸡犬之声相闻。十层大山峰顶，就是"一脚踏三国"或"鸡鸣三国"之顶。十层大山，起伏大、切割深，形成西北高、东南低的地貌，属垂直性气候。

三江环一县：江城境内的河流水系纵横密布。山山相环，水水相连,这些河流涧溪从不同方向汇入李仙江、曼老江、勐野江。三条大江,环绕着江城。因此,江城气候湿润,草木葱郁。最低处的土卡河,是红河之外云南地区第二条通往北部湾的水路通道。它发源于勐烈镇哈播村老苏寨脚,河水由湍急到平缓,从整康坝穿流而过。

  从普洱到江城,一路弯多。车是早班,仅六人加一个不满两岁的孩子。我坐在前座靠窗的位置,视野开阔,一路用手机或相机拍摄风景。邻座一位年轻的哈尼女子问我是不是来参加哈尼历年节的。她说外地人都是冲着曲水哈尼历年节来的。哈尼历年节,是江城哈尼族的大节,全城放假三天。这个节日对于江城县来说,除了勐康口岸边贸会,就是曲水镇整康坝过哈尼历年节了。她在外地工作,和在普洱工作的妹妹一起回家看看。后排坐的是她的妹妹,抱着她的孩子。女子上车时,认出了十多年未见的干妈——一位沉默寡言的中年妇女。那位妇女清瘦的脸黝黑。她是怒娜村人,哈尼族,住普洱儿子家,看护两个小孙子,特意回村参加节庆,还带着节日服装。我问她是否会跳舞,她有些腼腆,说跳得不好。见我感兴趣,女人将包裹打开,拿出缀着银饰的黑色短褂和黑帽穿戴上,立刻光彩生辉。我给她拍照,她站在过道上让我拍,司机提醒,前面有检查站。她就坐下让我拍了几张。邻座哈尼女子健谈,她说她这次回来,主要是想爷爷了,回来看爷爷,顺便参加哈尼历年节。她爷爷独居龙富,八十多了,还唱哈尼歌呢,还喝土锅酒呢,还能爬山蹚河呢。女子跟丈夫跑生意,天南地北,感觉无论气候、饮食还是人居环境,还是数江城最好,曲水最好。

中途到康平镇歇息。小食摊有熟苞谷,香糯美味,我买了一根吃。又路过路边农人摆摊卖椪柑,司机认得这家,车停下,大家下车购买。我买了些,给司机两个解渴。

午后到江城县。天空飘着小雨,路湿树湿。我拖着拉杆箱,在树荫下慢走。走到天生祥超市,进去买了一盒饭、两个菜,出门时猝不及防,脚下一滑,身子向后摔倒。旋即有一双手将我扶起,是一位身形壮硕的小伙子,身背皮包,像教师或职员,面容清俊,眼里现出关切的神情。

湿潮阴冷的夜晚,空气融着花草味道。楼下有户人家摆宴喝酒,热闹、喧哗。江城是哈尼族彝族自治县,小区住户有农村来的,将习俗也带来了。酒席至午夜才散。我白天吃了柑子,胃着凉了,又食超市冷食,肠胃不适,煮水吃药,仍不见好。懂医学的好友来信息告诉我某药应该有效,遂到街边药店买了这个药服下,果然好转,真是既便宜又好使。第二天一早与杜文春通电话,他联系好了县文联,让我下午跟他们一起到曲水。从江城到曲水,一半路好,一半路被挖开了。从山坡上铲下的土石,横卧于路边,像滑坡。这段时间下雨,坑多洼多,路泥泞难走,剐蹭着车子底盘嘎嘎响。遇对面来车,对方或己方不动,让一车先过。我因病着,昏倦困顿。车内空气沉闷,汽油味儿从底盘逸出来,熏得我头晕。车外空气新鲜,我拉开一条窗缝透气,满山草香吹了进来。

车子在潮湿的空气里飘浮着。下午4点,到达整康坝。车里人眼尖,看见剃了胡须、满脸黑胡楂的杜文春正在那里忙乎。杜文春是景东人,二十年前到曲水栽种橡胶,娶了曲水女子做媳妇,在高山村石头寨子扎下根。劳动之余,他喜欢写些诗歌散文,还会摄影,是当地的怪才。杜文春带着我们签到。每人领两竹筒农家自烤酒、一顶茅竹皮叶帽,然后进入镇子。镇子里为数不多的几家宾馆全部住满了。我与县文联干部住的是农家小旅店。

小旅店破旧,幽静。和衣而卧,听屋下流水,听公鸡啼鸣、鸟儿啁啾,听木制的牛铃铛响。这是"人畜共居"的农村生活。傍晚6时,赶往整康坝。我们穿过各种小商品摊儿和熙攘的人群,进入指定场地。石杵舂粑粑活动已结束,场边草坪留下几个石臼和几片芭蕉叶子。舂粑粑我不陌生。许多人一起舂粑粑,场景壮观。团拢宴开始了,四方宾客300余人的吃饭场面,我第一次见到。穿节日盛装的人们边喝酒边唱歌。老挝约乌县马犁头村代表、越南莱州省勐谍县木嘎乡代表参加了活动。用毛竹搭成的台子那里,有几位着彩裙、容颜靓丽的越南姑娘正在用手机拍照。她们的家乡就在离此不远的大山那边。看来是经常出席这样的活动,姑娘们落落大方,有合照要求一概不拒。杜文春搞怪,与一位越南姑娘勾肩搭背地合影,引得大家哈哈大笑。

哈尼历年节有个传说:史前,一个坏贝母嫉妒哈尼人的美好生活,唆使妖魔糟蹋庄稼、吞食人畜。哈尼人战胜妖魔那一天,据说是阳历十月的第一个属龙日。哈尼人就把这天定为岁首,杀猪杀鸡舂粑粑,祭祀天地祖宗。要看原汁原味的仪式,必须到村寨

哈尼历年节村宴

里。如今的哈尼历年节,变成了颇有特色的文化活动。来客不必爬山越岭涉涧过河挨个村寨游走,在一张宴桌上就能吃到各村寨地道的原生态菜肴。今年的团拢宴,七村寨风味菜肴集体亮相——

怒娜村:烤全乳猪和猪肉稀饭

绿满村:林下奔跑土鸡包烧和鸡肉稀饭

高山村:李仙江全鱼宴

坝伞村:烂烀狗牛

拉珠村:手抓黑山羊羊肉

田心村:干巴丝手抓糯米饭

龙塘村:凉拌酸扁果和五丫果

这些"村菜",代表各个寨子的特色。每个菜品,都是寨子的招牌。能够吃到它,仅仅因为一个传统还活着。菜品所用的食材,为当地土特产,均采自曼老江、勐野江、李仙江等三大流域的江河、深山丛林、谷壑箐沟、石壁石缝。或是自家放养的冬瓜猪、山林土鸡、狗牛(狗牛不是狗和牛,而是像狗一般大的牛)以及农家土锅制作的自烤米酒等。酒具都是粗大的青毛竹竹节做的。穿民族服装的农人,唱着酒歌,挨桌敬酒,像个仪式,体现了边境地区独有的本地性。本地,亦即"根"之所在,它指向的是与乡土的亲近。生态民间,不需奢华,不需装饰,紧贴土地。物质宝藏,精神典藏。曲水小镇,地处边境,离千篇一律模式化的城市远了些,离本态的生活近了些。它是自然的,亦是生态的。自然与人,在民间的美食里活着,有如《诗经》的咏唱,一代代,在朴实的诗句里递增和升华着,如绝版的美味。

路的一侧,搭了竹棚子,集中了七个村寨的生态产品:水果、药材、蜂蜜、蜂巢、土酒、小粒咖啡、茶叶。越南展区展销边境哈尼特色农副产品。老挝的没有,只是派了人来。

三国哈尼人,边吃边聊,品菜肴,唱酒歌。大型歌舞诗《曲水之约》开始了。音响、幕景、摇臂录像。天空飘扬起细雨,演员不受影响,倾情表演。各村寨、镇中学和中心小学,都有演出作品。这种原生态的群众演出,泥土味儿浓厚,动作娴熟,方言纯正,随口而出。曲水镇7个村、61个组,两万余众,哈尼族占了总人口的80%,是曲水乃至整个江城的文化主体。晚会以哈尼语和汉语呈现,清新脱俗、原汁原味。

乡村中国的道德结构与文化原型仍然保持着一种经久的耐磨性和忍受性。而人的精神价值的提升,在于能将传统与现代融合,双重展示。传统性是主核,现代性是外衣。田野山川,气息醇厚,它蕴藏纯净的乡土诗学,因此晚会呈现的是哈尼人的本态生活:野花草木与民间敬神、蓝天清爽与白云绵厚、小兽蹒跚与大兽腾跃、山风吹荡与江水奔流、多姿多态的自然美景与丰富多彩的生活故事、乡村哲学观与世界观、农业文明"乡愁"的存活与几近消失了的文化元素天然展示、边地传统文化与社会大文化的交流、心灵宗教与村寨故事等。不论是寓意晦涩,还是立意清晰,都展示了人与大自然的联系。

观众是来自各村寨的农民,他们坐在台下,井然有序,不闻喧哗,只闻掌声。演出有2个小时。结束之后我们返回旅店,洗漱,和衣而卧。凌晨3时,外面下起了小雨,时急时缓。雨点儿淋洒在各种植物上,发出不同的声响,辽阔、绵远……

3. 李仙江遇险

车子沿土卡河谷慢行,一路小雨绵绵。石头路、土路、泥水路交替。接近村子,有橡胶树成片从坡顶倒伏,一棵压着一棵,像一幅落寞尘封的油画,硬枯的釉彩干裂了后,露出衬底的画布。中午我们到达土卡河村。仍有微雨轻扬,扑在脸上,柔软、细腻。我站在高坡拍摄李仙江边流线型停泊的小船,逶迤、悠远。土卡河李仙江段,水浅滩平,风浪不兴,是个绝好的避风港。这些小船都是铁皮船。猪槽船容易渗水,变得沉重,遇到石礁碰撞或磨损,容易破漏进水,修补麻烦,于是逐渐被淘汰。但我还是在滩涂上发现了仅存的一艘,舱体破损,用旧轮胎补过,像城堡废墟里的遗物,疲惫地横陈着。积了水的猪槽船,与石滩、江水、森林和云雾一起形成了一个时间的隐喻。

土卡河的地理位置之独特,在于它离李仙江100米时,突然迎面撞来一座海拔只有317米、植物稠密的三角形小土坝子。江水像一根松软的麻绳,上面拴着小坝子,然后来个急转弯,呈Ω形,绕缠1000米,汇入李仙江。这个被江水围出的小孤岛就是土卡河村。

村寨既是渔村也是山村。村人既是下江打鱼的渔人,也是上山采药打柴的樵人。当年江滩打造猪槽船的傣家汉子和打鱼归来的年轻渔人不见了,杧果树下挂着的粘着树叶和水草的渔网不见了,那几个在小院子里背着孩子打扑克牌的漂亮小媳妇不见了,常年烟熏火燎的房檐土墙不见了,整个飘着鲜鱼味道的小村子不见了……稀疏的杧果树和芭蕉树下,是碎瓦、残墙、废窝棚。

这个临水而建的傣族寨子于两个月前拆除,资本输入让边远山区也进入竞争行列。村民和政府,按比例投入资金建设新居。离江边不远的停车场已铺好了水泥,村外22公里烂泥路也在拓修,预计两年完成整体建设。我们见到几个留守的村民。一个傣族汉子说,土卡河居民密集,要迁出一些农户。每户每人 20 多平方米建房面积,他家 7 口人,可以建 140 平方米,设两间客房。今后发展旅游业,土卡河将有潜力。他们现在的家是临时用石棉瓦搭建的简易棚子,里面堆满了东西,旁边是猪舍鸡窝等。去小饭馆吃饭的路上,我看见一辆小巴士停在桥头,后备厢盖开着,里面整齐地码着书包,这时从车里探出几个小脑袋。司机是个瘦小的汉子,他说送孩子到镇里上学。我给孩子拍照时,他们向我做鬼脸。我问司机多久到学校,他说:"雨天嘛,安全要紧哩。"

到饭庄吃饭,还是多年前的那家。杜文春将我上次来土卡河拍的一家人的照片交给店家。店家说认得,做了丰盛的菜肴,餐后大家或在屋子里睡觉,或坐檐下长椅上喝茶。我闲不住,到路边溜达,拍几张无花果树上结的褐色果实。雨稀稀落落地下着,云天变幻,由浊暗转清亮。一束阳光,自云隙漏下来,给森林涂色,淡淡青、浓浓黛、深深黑、浅浅灰,旋转、萦绕、诡谲、神秘。

土卡河段,滩平岸浅,细石可辨。我从灰色的卵石里拾了一块白色马牙石,不重。我们从这里上船,乘客加船头船尾两位艄公,共 13 人。船是机动铁船,我和杜文春坐船头,船向南漂流。

李仙江是一条国际河流,污染少、生态物种丰饶。水盛处,汹

李仙江险石

涌澎湃,浪花飞溅;水静处,暗藏潜流,渊深莫测。临山根处,涛流湍急,绕岩击打。船行8公里,到达越南黑水河。其实,此前我与普洱摄影家在这儿漂流过。两岸雨林,葱茏茂盛,葳蕤密实。小船压着水花,一路顺畅。到达黑水河,我们登上泥沙覆盖的岩石,望清澈的李仙江与浑浊的黑水河一清一浊"接缝",感叹自然的造化。

逆流返程。至大滩急浪处,船从东侧两块大石中间穿越,漩涡翻涌,激流冲荡。船的马力不够,加足时,却熄了火。在最险流域处熄火,是行船的大忌!没有动力的小船轻似树叶,被大流推着揉着,船头压不住浪,船尾动力桨无法旋转。船就这样左右摇晃。坐在船头的我蹲下身,两手紧扶船帮。杜文春提醒我小心被江里的岩石擦刮撞伤。除了横卧于水里的巨岩,还有隐藏水下或半露水面的礁岩,这些都是杀手。艄公不敢懈怠,船触碰了岩石,会因惯性被大流掀翻。我在船头看得清楚,提醒大家坐稳莫慌。看着船头艄公变得惨白的脸和手忙脚乱的动作,感觉即刻就要发生灾难,心里突然恐惧,却仍要镇静。现在,大家从刚刚的说笑,变得鸦雀无声。扑入耳鼓的,是江水的翻腾声和船桨急迫的搅动声……只能听天由命了!

浪涛之上,小船旋转几圈,大水遮天盖地,啸叫着破浪而来,撞击耳鼓。船舱里的人低头伏身,保持重心平衡。船头的年轻艄公,瘦削脸庞挂满了汗珠;手臂的肌腱条条凸起,双脚似根扎紧舱底。小舟左右摇摆、晃动,他在拼力划水,刨着坚硬的水面。小船轻似叶子,被急流掀起,快速打转,被大流冲退,猛烈颠簸。二位艄公试图将铁船扳直。但船不听使唤,急急倒退,转着圈儿,打着转儿。刹那间,从水浪的高处跌落。我高喊:稳住稳住!

这个时刻,最不应该慌乱的,是两位艄公。船头那位,眼观水势,展臂操桨,劈、撑、摇、摆、划,手忙脚乱,拼命将船竖直,躲过了漩流的抽吸,慢慢将铁船"搬移"到了山岩根下。山岩陡峭湿滑,水深莫测,无可依附。清瘦的艄公挥舞着手中的楠木桨橹,左右摆划,让船静下来。船身触到岩根的一刹那,他迅速抢桨,不让船帮撞上岩壁,同时以桨抵住岩壁,腾出的左手拽住岩缝间的一棵小树。左右两手上下较力,双脚似钉。小树"助力"了几十秒,从根处断开了,由剧烈摇晃到慢慢摆动,船帮摩挲岩壁,船下发出扑哧扑哧的水声。

俯身看水,岩缝处,青脊小鱼游进游出。水下岩石,黑黝黝的,吓人。船稳住,艄公脸上现出了平静。时机已到,船尾艄公用力拉绳三次,动力桨旋转起来。船启动,调整船头,竖直而上。李仙江大滩是土卡河段险要隘口,有经验的艄公摆渡此段水域时,均小心谨慎。有巨石的流域,河流都有难以想象的暴力性,绝不能疏忽大意。大水深处的涡流,一旦吸入船只,就会迅速摧毁所有。船头艄公年轻,经验少,再也不敢从东侧冲滩,小船从西侧大石壁和巨石间,小心谨慎压浪穿过。行数秒至平稳处,船稍停,然后开足马力行驶。想想刚才,惊悚。多数人没穿救生衣,若是跌入漩涡,凶多吉少!

到塔糯河 17 号界碑小憩,再从滩岸登船回返。晚餐是在距镇上不远的饭庄吃的,大家谈论大滩的遇险经历。11 个人举杯庆祝,敬天敬地敬神灵,建微信群。杜文春灵感一现,将此微信群取名"乜斜群"。乜斜,斜视或轻视,喻指对世事或看淡,或不屑,或不滞碍心境以及蔑视世俗。次日凌晨醒来,开窗,听屋下流水,想起大滩之险,后怕,感慨。对我来说,如同一个难得一遇的传奇故事,细节的悬念和高潮是少不了的。一首《船行李仙江大滩遇险》,便是我在李仙江秘境获得的最初灵感:

那道大流除了漩涡还有裸岩,
像蜷伏的蟒蛇和狮群,
用利齿和闪电的速度警告手握刀斧和内心藏剑的人。

心里盛满圣像的仁者,得到了神的保佑。
水兽们燃亮了灯盏,按灭了愤怒。
还有那些卑微的木桨、植物、不知姓名的艄公,
以及岩壁上一株最终被折断的小树,合力将小船托住,
安放在墓地之外的花园。

我的泪水不再属于无奈的雾霾。
与其污浊地生,不如清澈地死。

此刻我有理由相信神灵公正对待身有尘埃但内心纯净的人。

但我必须放下：悲伤、荣辱和怨怼。
船是我们的宿命，狂涛和暗流是埋在身体里的疾病，
大水认清了冬日里的光芒。

卑微的人啊，倾尽了力量抹平了一道大水的裂缝。
命定的念珠被天地盛大的善抚爱。

4. 哈尼酒宴

孟连县教育局的龙建林先生给我"扫盲"了三个相近的概念：箐、河谷、峡谷。简单地说，他们是以山与山之间形成的壑沟大小来区分三者的。

站在云胶公司二楼平视青山，龙老师说这道山下面就是甲马河谷。对面云雾缭绕的山，当年猴子也无法翻越。曲水镇是云南最大的云胶公司所在地，也是橡胶产业重镇。

在曲水镇，到哈尼歌手陈军辉的"昵甴旯"小商铺休息，我坐

在铺面台阶下的大茶台喝茶聊天。陈军辉原名陈金辉,户籍登记时,办事人员将名字写错,变成了陈军辉。陈军辉父亲陈德荣,江城县文化馆专职创作员,哈尼音乐艺术家,精通作词、作曲、演唱,是普洱地区响当当的人物。陈军辉母亲李明戈,也是一位民间音乐艺术家。陈军辉的媳妇、陈军辉的弟弟陈金坤,也都是歌手。这个从石门坎兴济村走出来的"音乐世家",在哈尼历年节中,全家上台,倾情演出重头戏《曲水歌手唱曲水》。陈军辉和媳妇为我们演唱了《阿迷车》《嘎尼尼》《铺录录》《昵阿啦》《嘎哈哩,嘎沙活》等哈尼族歌曲。我听不懂,在场的县文联作家也听不懂,陈军辉将歌词用汉语译出,标注在歌单上。为了哈尼历年节,陈德荣全家上阵,早早开始排练。演出当天上午走台,全家放下手里的活计,穿上哈尼族服装,一遍遍演。到了晚上登台时,两个孩子在家里,没有父母陪伴,有些害怕,上小学二年级的孩子抱着 2 岁的孩子,饿了,找不到饭吃。有人听见孩子哭,告知现场的陈军辉夫妻。但此时演出正酣,无法脱身,结束后才匆忙回家。镇书记王霖森讲到这里有些感动。

  我们午餐是在一个农家乐吃的。一个平台式的敞开的棚子里摆着满桌子哈尼菜。

  王霖森来陪大家吃饭。吃饭间隙,店里有水烟筒(每一个饭庄都有这种烟,供客人用)。他拿起水烟筒抽几口,给我们讲起"三筒烟"的故事。他说曲水是一个地形狭长、西高东低的横断山地貌。境内最高海拔的十层大山与最低海拔的土卡河相差1558米。江城三十河二百溪,都归入三江。三江环绕,山水相衔,犹如城池。绿满河、土卡河、整康坝河、拉珠河、田心河等诸多河流水系,汇入李仙江,然后流入红河。曲水山岭纵横,森林密布,箐沟与河谷交织,崖壁陡悬,山路难走。过去,哈尼男人白天到田地干活,夜晚入山林打猎,妻子带孩子留守家里,等着丈夫归来。夜阑人静,风雨无歇。妻子牵挂丈夫,孩子牵挂父亲,担惊受怕,无法入眠。等到了深夜,男人打猎归来,怕惊动妻儿,就在外屋吸筒水烟。妻子听到男人吸水烟噗噜、噗噜的声音,知道男人打猎回来了,孩子在爸爸吸水烟的声响中睡着了。当男人抽第二筒水烟时,妻子知道男人不会再出去了,就放心地睡了。男人抽第三筒水烟时,疲乏解除了,也安然地睡觉了。

这位"80后"的镇书记是曲水镇高山村人,一位土生土长的书生,气质儒雅,朴实敦厚,戴着眼镜,面容清瘦,坐姿端正,言语温和。他穿着一件哈尼族短褂,也是这次的活动服装,未来得及换下就赶来了。此前他听杜文春介绍过我,一见面就叫我的名字,吃饭时两次起身过来敬酒。听说我要留下几天到村寨看看,对我说,很高兴你能来曲水体验生活,宣传曲水。

喝酒唱歌,是哈尼族人的传统。哈尼人,有酒,就有歌。歌声是神启,是礼仪,是与亲朋好友打招呼的方式。王霖森请陈军辉来给大家唱哈尼歌。曲水中学校长白福和曲水小学教师李冬梅也来了。白福和李冬梅是晚会的主持人。三位年轻人的到来,给午宴增添了轻松欢快的气氛。陈军辉领唱哈尼族民歌《尼嘟啦》:阿喏尼嘟啦呀,阿喏尼嘟啦呀,嘛磨咧七洒咔咧,阿喏尼嘟啦呀,自巴朵么喏呀尼嘟啦,阿火扎么喏呀尼嘟啦,五扎呢喏呀尼嘟啦,马突突么喏呀尼嘟啦。

这首歌译成汉语叫《想起你》:我想起你呀,我想起你呀,不见好久好久了,我想起你呀,喝酒的时候想起你,吃饭的时候想起你,睡觉的时候想起你,梦里还要梦见你……

一阵风,把歌声吹到了外面,又一阵风,把歌声吹了回来。歌声吹着大青树,大青树的枝叶满天飞舞,积攒了风声、雨声和雷霆声,收拢起漫天的月光。这是天地灵魂的纯美合唱。心醉了,身不醉。

思普地区,哈尼族是一个庞大的民族。山岭绵亘,箐多,河流多,哈尼人的歌就多。那些歌,清亮亮地流淌着,自成曲调。歌里流淌着溪河,游动着鱼儿,闪耀着月光。歌声里漂泊着云朵,跑动着牛羊,飞翔着鸟儿。歌里横亘着汀渚,生着大树小树,长着草,开着花。哈尼族没有具体的文字,但有自己的语言。生活里若是没有歌,就没有爱情;没有歌,就听不到水的流响、山的回声、草木的萌发。这样的歌,原是哈尼族青年男女的大胆表白,如今变成了酒宴上的"酒歌"。其实呢,真正的敬酒歌,是这首《自巴朵》:"阿耶涌来自巴朵,阿呢涌来自巴朵,阿耶可面阿呢咧,提打阿切怒呢咧,自巴朵咧,自巴朵。"翻译成汉语是《来喝酒》:"阿哥来哟来喝酒,阿妹来哟来喝酒,阿哥阿妹一起来,快快乐乐的哟,来喝酒咧,来喝酒。"这两首歌都是哈尼酒宴上必唱的烘托气氛的酒歌,人人会唱。就连几岁的小孩子也耳濡目染,学会了。这场景类似大声唱经,感恩天地赐予美味佳肴,是哈尼人崇拜的另一图腾。哈尼酒歌的美妙在于调性简单,旋律纯净、欢快、热情、奔放、豪爽。

我对江城不陌生,但对其民间的风俗和文化却知之甚少。这种盛情难却的气氛,酒未醉,人先醉,也因此敢喝,跟每位都喝。歌唱得多,酒喝得就多。一席哈尼酒宴结束,这样的酒歌,我也能哼唱几句了。

杜文春的家在高山村石头寨子,他女儿在县城读高中,妻子一人在家。他几天来一直忙着晚会主持词的审定、演出拍照、撰写花絮和采风团带队。活动结束后,本应该回家看看,因为要陪我,这周又回不去了。他将我住的农家小旅店退掉,和我一起,带上东西住进了整康坝子宾馆。宾馆前面是整康坝子广场,站在窗前,放眼望去,面前没有任何阻挡,可以清晰地看到对面山坡的那株当地闻名的"大树花生",即滇南乃木。这是一株能结"花生"的大树,这株树形状优美,高大、独立,树冠呈伞状。大树花生,是思茅江城曲水地区的特色植物。整康坝子坡地种植了香蕉、苞谷,大树花生与香蕉、苞谷、蔬菜、杂草相映衬,与远处山梁飘浮的云霞、太阳和星月相映衬,显得苍茫、辽阔、空蒙。我将手机放在窗台,以延时拍照模式回放着看:树冠和云朵,挤撞着、涌动着、拥抱着。云流动,树流动,天地云树,寂寂无声,慢慢流淌。透明与半透明的白雾,散开、聚拢。像梦,被撕开、缝合,然后再撕开、缝合。波谲云诡,嬗变更迭。时间的断层,挟带雾气,向我奔来……

5. 再漂李仙江

从龙塘村垭口寨出来,向坝溜李仙江渡口行进。山路依坡傍崖,时好时差。下午2时10分,我们到达渡口。坝溜渡口,是昔日李仙江水上茶马古道的起点,有悠久的历史。

罗杰将皮卡车停在坡道路口,我们下车步行。三个人来到坝溜渡口。罗杰给同学打电话,联系渡船。那位同学当过兵,复员后购置了采沙船和摆渡船。

采沙船夜以继日地抽水、筛沙、排水。高坡上有一块平地,四周以砖垒砌成一个方池,细润的水沙被抽沙机吸出,导入一根塑料管子,以一只硕大的铁筛箩过滤江水,沙子堆在池中,水流回江里。沙子由卡车装载拉到建筑工地,一条龙作业。复员兵有头脑,利用李仙江的天然资源,采沙挣钱。他又购置了一条机动铁船,摆渡两岸村民。在坝溜渡口,我们看见工人正在用水泥浇筑跨江大桥的桥基,两岸桥墩钢筋露出。总投资1800万元的绿春县"溜改桥"项目半坡乡坝溜李仙江跨江大桥,横跨红河州绿春县半坡乡和普洱市江城县曲水镇。跨江大桥的建设,方便了李仙江两岸的江城县和绿春县人们的经贸和生活往来。

下午的漂泊路线:从戈兰滩电站到土卡河电站,再折返到坝溜渡口。

两座电站相距20公里,一个来回40公里,需要3个小时。

此段水域,两头堵坝,无波无浪。高峡出平湖,水深达百米。水坝的建设,拓宽了江面。此段水域,流速缓慢。沿途两岸,全是橡胶林。偶尔出现的陡峭崖坡和箐沟的原始雨林,是橡胶林不易栽种、农人不易进入的山地,点缀着江岸。当年毁林种植经济橡胶林,致使大量原始森林不复存在,实在可叹。

船行至绿春段，有土石跌落高坡，滚落江里。树隙间依稀可见削平的山地，这里要建橡胶加工厂。污浊的油渍和垃圾，将是损害李仙江的又一祸源。船到土卡河电站百米处，有一舌状小岛伸入江中。复员兵将铁船停靠此处，四人登上小岛。这个小岛，阳光充足，有几丛并不高大的野竹和杂草，草地上扔着空饮料瓶、矿泉水瓶和小食品袋。有一块平地，可扎两三顶帐篷。我在草丛里捡到了一根伸缩鱼竿当拐杖挂着。罗杰说他每到周末闲暇时光，都会来这个小岛钓鱼。

土卡河电站的下游7公里处，是李仙江土卡河村。

一座大坝阻拦了去路，折返。过坝溜，奔戈兰滩水电站。船至中途，忽然复员兵将马达熄火，转舵滑行，放慢了速度。原来山壁下有一尾大鱼撞网了，正往石头上跳跃。小船绕了一个大弧，到江岸悬垂树枝的岩壁那里停靠。不用下船，罗杰伸手便抓到了的渔网。这是一条野生大罗非鱼，足有五斤重。罗杰说在李仙江上行船，常有大鱼撞网，然后挂在石壁上。李仙江里的鱼，有弯丝鱼、面瓜鱼、黄尾巴鱼、大罗非鱼等，清水烹煮，只加葱姜，不加其他调料，也不腥不腻，鱼肉脆甜。船继续行进，水光黛绿发暗，有翻涌绽开的团团晕纹，小船犁出的水花不大，是深水的迹象。船到距戈兰滩电站百余米的乱石滩，接近电站的下脉水域的一个浅滩处停泊。前面的大水,从113米的水坝高顶跌落,撞碎了江面,冲出了沙石,崩起了浪涛。距离大坝300米或500米,有一溜儿大石,或堆积江中,或卧于河床两侧,缓和了水的冲力。大石被巨流裹罩,弓起浪的大弯、波的弧线。忽而如一川虎狼,张牙舞爪;忽而如一池蟒蛇,盘虬缠绕。带着雷霆之吼,闪电之啸,上下蹿飞,钻进两边的树丛和乱石中。到了夏季,雨水肆虐,江水暴涨,更是让人心惊胆战。

休息半小时,我们返回坝溜渡口。罗杰提大鱼登岸,告诉同学晚餐在对岸的绿春半坡乡某饭店,让他也来。半坡乡属绿春县管辖。到达饭店,半坡乡中心小学李校长和四位年轻老师已在饭店等候了。哈尼特色菜肴摆满了一桌子。罗杰说今天是周末,晚上就住半坡乡,大家都放松放松。于是,敬酒,打趣,唱歌。好久没见老朋友了,大家喝得尽兴。那条大罗非鱼加葱姜和盐煮了,端上来,我尝了一块,脆甜可口。"李仙江鱼,用李仙江的水煮炖,才能萃取清香脆嫩的原味儿。"罗杰说。

热烈奔放的酒一直喝到午夜。李校长给我们三人找了一家旅店。夜深人静,街那边小餐馆不打烊,仍有客人在喝酒。酒至酣处,醉者放开歌喉,几个声音同时高唱"滚滚长江东逝水,浪花淘尽英雄"。其中一个中音厚重、悠长。狂放的歌声,让疲惫者很难进入梦乡,于是我打开窗户听。开窗即见黑夜如浪,起伏跌宕。有人乘舟泛槎,慢慢,慢慢,驶离自己的内心,向天涯,孤独漂泊。

有关坝溜的历史,我了解甚少。奇妙的是,李仙江坝溜竟然被三个县"瓜分":一是江城县曲水镇龙塘村坝溜组;二是绿春县半坡乡坝溜村;三是墨江县坝溜乡。由村小组到村,再到乡。这些"坝溜",或有不同的故事,或有不可分割的关联。三个坝溜,都是同宗同亲哈尼人居住地,是怎样的机缘,让它们同属一宗、同处一地呢?

江城曲水镇坝溜村与绿春半坡乡坝溜村,分立此岸、彼岸,只隔了一条江的宽度。

6. 隐者的居所

翌日早餐后,我们下坡循小道到渡口,复员兵开船来接我们。从绿春县半坡乡坝溜村,横渡不到一分钟,就到了江城县曲水镇龙塘村坝溜组。下了船,我们又坐上罗杰的皮卡车。坡高坑洼多,皮卡车冲了一次,轮子打滑,退了回来。再冲一次,又退了回来。第三次终于冲上坡道,一路泥泞。山色明暗,远山起伏,云遮雾罩,偶露青黛,形似深流里的鲸鱼。轻雾吹过来了,微雨洒过来了,瞬间濡湿了车身。我打开车窗,雾雨打脸,凉凉的、湿湿的。植物浸着雾,将清纯气息,一股脑送过来。那气息浓郁、清沁,令人沉醉,来自大茶树、竹篁、香蕉树、杧果树、木瓜树、杉树、株栗花、樱桃花、棠梨花、红果树、大青榕、砂仁草、咖啡树、楠树、桦树、桫椤等珍贵树木和不知名的正在怒放的山花野草。

车行到高山村高山老寨哈呢哈洛大树茶园。哈呢哈洛,哈尼语意为高山的石头。茶园有300多亩。这些茶树,生长于高山寨哈呢哈洛海拔1460余米的山坡,除了大树茶,还有树龄100年的古茶树。这些茶树生在茶园主人家的附近。冬日,站在房顶上,阳光下的茶园子就在与房顶平行的山坡阳面,能瞧见山雀在茶树的枝丫上觅食、聚集、栖息。偶尔会有一只擅自闯入的绕鹰,让在草丛里挑拣草籽儿吃的老鸡和小鸡,惊慌失措,东躲西藏。我站在房顶上,看见一群冬瓜猪和几只花豹土鸡在山坡的树木间窜来窜去。从房顶下来,端坐高山凉棚子里喝茶,面前是大开大阔的群山,道道山岭层叠,团团云朵涌荡,仙境一般。

茶园主人炖了一只老鸡,蒸了一碗牛干巴,煮了一盆蔬菜。饭后主人带着我们到简易的茶叶加工房间看看;我们告别时,又送给我们每人一包加工好的高山原生态大树茶。

返回曲水镇后,我们先到罗杰任副校长的镇中心小学。罗杰带我参观了学生宿舍、教学楼、综合服务楼、食堂以及教师宿舍等。镇中心小学现有学生600余人，驻校学生400多人，教师40余人。有着两排大棕榈树的校园，宽敞干净，校舍教室整齐有序。教室外墙挂着三部磁卡电话机。后来听王霖森书记说，曲水中心小学学生每人的手里都有一张卡，三部磁卡话机便于学生与家长联系。

　　罗杰又带我和杜文春去坝伞村。坝伞以箐两边的山为界，分为上坝伞和下坝伞，哈尼族村寨位于曲水镇到江城县中间向西山拐进去3.5公里处。一截水泥路，一截泥土路。上坡时皮卡车打滑。罗杰将车停坡下，我们踏着被雨水冲出沟缝的山坡，再上一个小平坝，就看见有两排红砖墙、石棉瓦顶的房子，那是罗杰以前任教的坝伞小学，也是他小时候读书的学校。离学校不远处的一块坡坝，是他家的山地。校舍并不陈旧，由一对中年夫妻看护。前院门口有一头大水牛和一头小水牛，还有水池、鸡舍和花池。绕过房屋，到后院，这里是一个小型操场，夫妻俩正在晾晒大草。操场杂草丛生，边缘有株不大的榕树，硕大的灵芝生于树根，无人采摘。操场东边缓坡通至下坝伞村。山坡稀稀拉拉生着茅草。

　　从东坡下去，进入一户农家小院。再从小院延伸的水泥路走下去，就回到了皮卡车停靠的路口。上车回返，行至路边一处竹棚歇息，这里是罗杰的表哥承包的一片香蕉地。竹棚一边是猪舍，有一头三百余斤的大黑猪,正在吃铰碎了的芭蕉秆。罗杰的表哥说这是一头母猪,怀上了小猪,过段时间就要生小猪娃了。只见这母猪的皮毛黑亮、油滑,它食山草、喝山泉,能不漂亮?坝伞还有狗牛养殖基地,是政府主抓的六个投资项目之一。山里农户还自己制作牛干巴,美味、正宗。

7. 山顶的哈尼人

我跟王霖森决定到几个寨子看看。一同去的,还有曲水中学校长白福。王霖森将副驾驶位置让给我坐,他和杜文春、白福三人挤在了后座。我推辞不过,只好遵从。从镇街出来向南,过整康坝桥、怒娜村,再转向北,过甲马河桥、石门坎,到124高地废弃的老营房下车。部队的水泥建筑仍然坚固,只是墙皮斑驳,下雨泡了,长出了浅绿的苔藓,白墙清楚地映现红色标语。房前有花坛,有位哈尼老妈坐在门口。从屋子里传出来哈尼唱魂调。院子宽敞,角落里堆着砖头和劈柴。王霖森与老人聊了一会儿。我们走出院子,站在一侧看远近云遮雾罩的山,聊聊村寨产业。然后到大青树、十五公里村组,那里正在进行新农村建设,一些房子刚刚打了地基,浇灌了水泥。1年后,这里将出现另一番新农村的景象。接下来要去盘海,因那里的路况复杂难行,王霖森让一位乡亲上车带着去。乡亲是盘海以东的中越山林防火瞭望台的护林员。后座一下子挤了四个壮硕的男人。车子轧着泥路，钻入树丛，泊进云海。不知谁说了一句，我们在云里跑车呢。太阳如玛瑙，月亮如珍珠，在起伏的山岭和云朵里浮现。山顶之上，堆起了大块大块的银子，气派、豪奢。那边堆不下了，就挤了过来，把这边的山岭挤压得只剩下一小缕青黛，再挤挤，就要掉落进江里了。远山，近树，白云，天空，偶尔从云缝里露出连绵嵯峨的山。那些白云哦，不知掩埋了多少坝子，多少森林，多少箐沟，多少谷壑。

这道被云罩着被雾裹着的山岭叫岩红斗夃，哈尼语意为有许多石头或悬崖的山。

听山的名字，似远古动物，能腾云驾雾，飞翔天空。白云亮得夸张，阳光被撕成了金色绸布，将青山围裹。千层冰雪，把天空挤塌了，只有鹰才能读到它的峻峭。我用手机全景模式拉开拍，拍下一幅长轴图卷。低海拔的山岭，连绵的城堞老墙。云朵遮住山崖谷壑，鱼群跋涉江海河溪。风云聚拢，似待射出弓弩的箭镝。

王霖森指着被浓重云团裹缠的山岭岩红斗夃，向我介绍说："这边是怒娜村。再往西北一点儿，依次是绿满、下田心、上田心、拉珠。后面高出的山岭的下面就是坝伞村。正北那里是高山村。曲水镇七个村寨，全藏在山里。"他用一首地名联诗，概括曲水七个村寨在群山中的位置：

> 怒娜坝伞照田心，
>
> 高山龙塘去拉珠。
>
> 绿满一江土卡河，
>
> 眼望三国是曲水。

曲水镇各村寨都隐藏在大山的缝隙里、大云的缥缈中。即便像鹰一般高悬天空，也难看清各村各寨的具体位置。山路狭窄崎岖，泥泞弯折，迢遥难走，是制约乡村经济发展的瓶颈。曲水镇所辖区域，地形复杂，路途险绝，大车进不去，小车走得慢。过去是牛拉马驮，现在只能靠农用车和摩托车运输。曲水镇物产丰饶，江里的鱼类，品种繁多。山里的野生食材独特、丰饶，有大红菌、甜笋、象耳朵叶、马蹄根、蜂蜜、三丫果、五丫果、大树花生和各种珍稀药材，适合放养生态土鸡、冬瓜猪、黑山羊和狗牛等。珍稀草木众多，美味潜藏。可是，交通不便是个严重问题。

谈起曲水旅游业，王霖森说："现在比以前好一些，游客也有一定的量。问题是，山路不行，虽然我们的接待条件得到了改善，但客人真正能留下来的不多，当天返回的居多。若能住一晚、留一天,那就最好。"

去往盘海的路难走。越野吉普车司机是一位小伙子,车开得灵巧,一路不觉得颠簸。40多分钟后我们到了盘海寨子。说是寨子,已没了人烟,看不见房子。仅存的三户人家,分散在箐沟里。盘海小学的教师宿舍,是一小座低矮的土房,墙皮脱落,露出土坯,窗子用木板封住。院内院外,树木稀疏,杂草丛生。矮墙垛头有一个鸡窝。鸡蛋发亮,应该是生了多天无人收走。王霖森的父亲曾是这所小学校的教师,母亲就在离此不远的坡坝经营一个小卖部。

"我的爸爸妈妈就是在这里恋爱的。"低矮的土房子,小院子里的桃花树上有几朵花,瓣儿落了;小院子后面的桃花树,有几朵花儿正含苞待放。蜜蜂盈满了巢穴,爱情收获了梦想。看到父亲母亲当年的生活之地,这位"80后"的哈尼族镇书记感慨万端。故事简单,却有蕴含。细雨洒过来了,鸟儿贴近了水面;微风吹过来了,花瓣颤颤地落。低低的土房子,和满山的花草树木一起隐藏着,只有风和云朵知道它们的位置。

透过门缝看里面,有内室和外室。内室仅能放一张桌子和一张椅子,外室也仅能放一张单人窄床。教室在宿舍后面一块不足100平方米的空地,稀疏的杂草下裸露着黄土。有一根竖起的高过丈余的桦木架竿,有些发黑。乡亲说,架竿是给绕鹰歇息的。以前绕鹰常来寨子里猎食鸡和猪娃。绕鹰飞来，先降落在架竿上歇息，观察动静，不贸然捕猎牲畜。绕鹰落在架竿上，恰好给寨人发现它提供了时间。坡坝下有一处空置的牛栏。盘海寨子地处断裂带，是危险的滑坡山地，所以寨人都迁到15公里以外了。现在有三户人家，一户养牛，有二三十头黄牛；一户养殖土鸡，有200余只鸡；另一户住着90多岁的留守老人和他的儿子，是山区唯一常住居民，儿子48岁，在盘海坚果公司种植砂仁。我们察看当年的教师寓所时，闲不住的杜文春跑进了箐沟，寻到了"最后一位"留守盘海的老人。

我们继续向前，到了盘海坚果基地的木栅门。木栅门旁边有标牌，上书"曲水镇澳洲坚果标准化种植示范园"，是云南省水利厅水土保持项目，占地4753亩。东边的塔糯大山在阳光映照下，青黛分明，乱云缠绕，神秘诡谲。这座海拔仅次于东侧十层大山的塔糯山是越南的领土。乡亲说，塔糯山以西，即是木嘎大山。这里距木嘎老寨不远。事实上，它是一座边境哈尼族人共同享有的大山。提起木嘎，乡亲似乎有说不尽的话题。他说有个叫潘丰的人，不简单啊。1996年，潘丰进入塔糯山打猎，连日下雨迷路，在这座大山里度过了月余，后来奇迹般地活了下来。他当时是被越南哈尼族乡亲发现并收留的。

我对潘丰有了兴趣。我问杜文春,能否去趟木嘎见见这位村寨豪杰式的人物。他说可以。

傍晚我们去杜文春家,他家在高山村石头寨子。站在他家小院子的平台,抬头能望见屋后高坡的橡胶林。透过一道简易的竹片栅栏和一株大火龙果树,可以看到生满橡胶树的坡坝和水流潺潺的箐沟。上弦月明亮,树影朦胧,山风轻盈,山鸟啼鸣:确是一处宁静庐居。他的书房里,一张堆满图书的电脑桌,并排放着两个小书柜、一张小沙发,塞得满满当当。杜文春的媳妇和邻居家的女孩忙乎了一天,准备了一桌子丰盛的菜肴:棕榈树嫩茎煮鸡、肉末芭蕉花、景东火腿煮乌鸡、肉末儿笋丝、煮青菜、凉拌海船、凉拌酸扁果、油炸牛干巴。

大家边吃边聊,相谈甚欢。

8. 木嘎"野人"

我们约了潘丰见面,在一个饭馆。杜文春、司机小白和我刚到饭馆,潘丰就骑着摩托车来了。潘丰是个传奇式的人物,这不是虚言。他20年前在深山森林失踪一个月,最后竟能生存下来并走出大山。因此,我一见到潘丰,就迫不及待掏出笔和本子,与他边吃边聊。

潘丰，1976年生，矮墩壮实，沉稳冷静。1996年7月，他刚刚20岁，那时他是一个清瘦的小伙子。那天他和四位乡亲一起，从木嘎大山出发，到大黑山打猎。大黑山与塔糯山相隔一条箐的塔糯河。进入大黑山原始森林后，四个人走散了。此时正值夏季多雨时节，雨雾绵密不断，林中水汽蒸腾。山梁山谷，箐多溪多，杂草多树木多，愈走愈深，愈行愈远，最后竟无法找到原路了。潘丰登坡、攀岩，呼喊同伴，但声音被稠密的雨雾裹缠住了。他举起猎枪向天鸣射，沉闷的枪声被厚实的浓雾挡了回来。他意识到迷路了。须是中午，太阳在头顶时，密林方能看清楚些。他顺着箐沟，向山顶攀登。雾很大，浓重的雾粒儿和雨水搅在一起，打得身边树叶沙沙响。沟梁谷壑密布，他不知到了山顶还是山脊，找不到路，或者说根本就没有了路。那些看似好走实则难行的缓坡，将他引入了更深更远的箐沟。山谷草木繁茂，潮热蒸腾，他不知往哪里走。白天过去了，被雨水淋透了的夜晚，浸透了湿漉漉的凉。"下，下个锤铲铲雨，一哈热死爷，一哈冷死爷。"累了，他就就地躺下或倚一棵树睡觉，身子被硬草划伤被蚊虫叮咬，开始还痛，后来竟然麻木，无知无觉。潜伏于石头下、树皮上、树叶下的晃动着吸盘大嘴的蚂蟥，黑夜里无法看见它们飞速扑来的吓人场景，天亮才发现身子密密麻麻的被蚊叮虫咬的红肿的包。吸饱了血的蚂蟥掉了一地，还有的钻入皮肤里,他抡起巴掌使劲拍,将钻进皮肉的蚂蟥拍出来。拍得一掌黑血,一地蚂蟥死尸。皮肤遍是蚂蟥钻出的直冒黑血的肉洞,真吓人哪!肚子饿了,看到什么吃什么。野芭蕉果、酸扁果、野草根,填不饱肚子。饿得急了,就到溪边,捕石蛙、捉土螃蟹。嚼入口的石蛙吱吱叫,咬掉腿的土螃蟹乱动弹,也不觉腥腻、恶心。虽然饥饿难耐,但要活着出去,就得坚持。几个白天和几个夜晚过去了,他没有走出箐箐相连、坎坎相衔的大山。猎枪被雨水浸湿,火药打不响。为减轻负重,他只好将之丢弃,只带一把防身短刀。

"没有猎枪,遇到野猪和豹子咋办?"我问。

"那就干了!"潘丰说。

山林里多凶险,无论是白天,还是夜晚,都得万分小心。一个人进入大山,无异于蚂蚁跌入深井。潘丰的胃囊空了,力气耗尽了。藤蔓荆草的刮擦,山岩陡石的撞碰,损耗着

木嘎边境

他。走不动了,疲惫了,随地躺倒。昏睡,做梦,梦见母亲烧的老鸡肉粥,梦见父亲酿的甜醇米酒。醒来时,却是遍身虫噬之痛。继续走,寻找没有路的路。

树是直的,有血有肉的身躯也要挺直。木嘎寨子的年轻后生,循着树的缝隙,找着山的通道。挣扎着,经历着,记忆着向前,茫茫山林,是他躲不开的人生考场。

第六天了,神在呼唤。一朵白云,顺着一根藤蔓爬了上来,大地之门蓦然开启。潘丰听见了清脆的狗吠和鸡啼,看见不远的山坡那里有几座茅草屋。

"当时根本不知道这个寨子是哪国的,只觉得有人就有救了。"

此时的潘丰,长发蓬乱,满脸胡须,遍体伤痕,衣衫褴褛,浑身污浊,活脱脱山林野人,他进入了只有八户人家名曰魔初的越南哈尼小寨子。虽不相识,却是同宗同族说同样的哈尼语。他被一户人家接纳,哈尼乡亲给他做了加入大米的苞谷饭。"这可是人家招待贵客的饭啊!"潘丰激动地说。潘丰美美地吃了一顿梦寐以求的饭,第二天接着走。寨人指点他,一个村寨一个村寨地走。走过了许多不知名字的寨子,遇到许多不知姓名的同族寨人。越南边地村寨之间相隔遥远、贫穷落后,分散在山梁子和箐谷里。云南曲水怒娜村木嘎大山的哈尼族青年潘丰，每到一个寨子，只要用哈尼语沟通，皆受到招待。人性之美，在此演绎。潘丰在越南深山走了20多天，终于走到了绿春县平河乡浙东村。

他被乡亲留下，帮助收谷子、打谷子。乡亲给他挤柠檬汁拌糖饮用，让他尽快恢复体力。一个星期后，他又往绿春半坡乡走。走到二铺村，见到表哥，表哥大为吃惊。那时没有手机，表哥派人送信到木嘎，告诉潘丰父母，潘丰还活着！接到消息的父母，以为是开玩笑，他们怎么也不相信失踪了一个月的儿子还在人世。儿子又怎么到了相距遥远的绿春？派人到坝溜渡口江岸接回了孩子才相信了此事。潘丰失踪的那段时间，寨子的青壮年都上山去找，没有发现潘丰的踪迹。日子一天天过去，人们一次次上山寻找，一次次失望归来。村人认为他已离世。杀猪祭奠，唱魂安魂。家人为他做了"空葬"，埋了棺木，修了新坟……

潘丰回到木嘎那天，正好是八月十五中秋节。

1996年农历八月十五，中秋之夜的木嘎老寨，一轮满月皎洁，将天地映得格外明亮，亮得整个木嘎山梁子看得清清楚楚，亮得树木、竹篁和岩石似仁慈的菩萨、大德的神灵。

9. 木嘎陈土司

来木嘎村前，杜文春说木嘎村是一个高山寨子，在山顶居高临下。到了夜晚，风会很大，天会很冷。寨子里老房子不多，大部分民居是近几年建的。通往木嘎的路有两条：上山路、下山路。东南的上山路，连接着大青树，再往东，即是越南边境；西北的下山路，连接着土卡河、李仙江。木嘎地理之独特就在这里，它可以上下续接，左右连通。四面八方，都可以接纳，又都可以抵挡。从战略上讲，是非常重要的边地关隘。

据《江城地名志》记载，木嘎是哈尼语"莫嘎"的谐音，意思是马帮大道。潘丰解释是"日子好下去"。两种解释，皆带有时代特性。晚清时期的木嘎，是边境贸易的重要驿站，这里有老城防护沟、练兵场、哨塔等，是个小规模的城池。木嘎村寨，人丁兴旺，"城内一百户，城外五十户"，可以说，是当时边境这一带最大、最有实力的寨子。

木嘎老城，是晚清时期陈定邦土司所建，也是陈定邦当时固守边塞要道的"城堡"。

木嘎人挖掘鱼塘时，曾挖出一柄铁剑，应该是普通的佩剑。我在这次哈尼历年节临时搭成的哈尼文化展览馆里，见过这柄无鞘的细窄佩剑,颜色暗淡,佩剑被磕碰得上面布满了细小的坑洼。它小巧玲珑、非常精致。后来第二次去潘丰家,潘丰拿出这柄铁剑让我看。剑柄大概是楠木的,岁月久了,木头松动、开裂、脱落,只剩与剑连体的铁。那是历史遗物。满身锈迹,布满了沧桑的痕迹,充满记忆伤痛。不用太多的想象,那被时光消磨的场景已然出现。不用太多的猜测,一种精神亮度,已从黯淡了的剑刃溢出。

土司陈定邦管辖的木嘎,虽偏于中国西南的边地角落,却毗邻外域哈尼族群落。而陈定邦经过30余年苦心经营,已成为李仙江流域最强大的土著势力。他雄心勃勃,认为木嘎周边说着同样语言、有同样生活方式的哈尼人,应与木嘎的哈尼人一样,属于本土居民。这个想法得到了乡人的认同。于是他组织木嘎兵,发动了一场小规模的战争,夺回了云南周边领土,并在木嘎修筑城池,打造防御工事。木嘎从此成为扼守边境的重要关隘。但是,后来陈定邦拥兵自重,没有得到清政府的支持,一败再败,最后失去了得到的领地。元气大伤的陈定邦从此萎靡不振,最后又被清政府剿灭。云南边地的一代枭雄,最终画上了令人扼腕痛惜的句号。《江城县志》记载:光绪十三年,即1887年,曲水木嘎头目陈定邦作乱,勐烈武举邓炳锟在平乱中阵亡。普洱道派军队进剿。次年正月,陈定邦被擒斩首,余众溃散。

毫无疑问，陈定邦是个有争议的人物。但对于木嘎历史而言，陈定邦绝对是一位绕不过去的人物。可以说，木嘎的历史，很大程度上是陈定邦的历史。正是这样一个人物，才让名不见经传的边地小寨子得到四方瞩目。

陈定邦的悲剧在于拥兵自重。若是得到清政府的支持，也不至于惨败，甚至将得到的土地再丢掉。"或许今天的中国版图不是现在这样。"江城作家李启学先生这样认为。

历史御风，随云而逝。赢和输，都是人生。曾经的峥嵘，曾经的枭雄，像草叶凝聚的露水，被一阵又一阵山风轻轻抹掉了。

如今的江城人，若不是专门研究本土历史的学者或作家，很少有人知晓曲水木嘎寨子还有陈定邦这个人。后来王霖森带我去看陈定邦在木嘎新寨山上树立的神像，以及传说在李仙江悬崖牛鼻子洞那里的藏宝处。这个传说，其实是有可能存在的，但我仍是遗憾关于他的记录少之又少，没有时光通道可以让我穿梭到过去，仔细看看。也因此很少有人知晓曾经的木嘎寨子，还有这般被时间激流冲刷得无影无踪、蒙了尘垢的人物和往事。

第二章:李仙江秘境

　　从江城县到曲水镇,一路上,山体被挖开,土石堆积。车行如牛,两边摇摆,直颠得屁股开花,腰酸腿胀。耗了 3 个小时,我们终于到达曲水。整辆车子,像从战场归来一般,灰头土脸。司机小阮安慰我,快了,再过 1 年,就会大变样,江城通往曲水的县级公路开通,只需 1 小时,等着啊。到小饭馆吃罢饭,然后换车,向土卡河进发。又是一路堵车,却是热火朝天的施工景象:每隔一段,就有挖掘机或铲车,移走堆积的石块、泥土,清理路旁的橡胶树。从整康坝子到土卡河 24 公里的路段,走了 1 个多小时。

　　王霖森约我来土卡河,一是看看路段筑建;二是他后天要到昆明参加农村基层干部轮训班学习,这两天挤点时间,与我叙叙旧。故此,他上午开完了镇委会,下午又开个碰头会,之后便往土卡河赶。因为施工路难行,他干脆带几顶帐篷,晚上住李仙江边,陪我听听江水、看看正月十五前夜的月亮,也不用急三火四地往镇上折返了。当然,这对我来说,是个莫大的诱惑。月圆之夜,露宿江边，喝酒、赏月、听江，比住在县城里听人声鼎沸要好得多，也是我在内地无法体验到的一种经历。

李仙江土卡河寨子，正在施工建房，水泥框架已经搭好，年底竣工。此前先是搬出 48 户，留下 48 户，搬出、留下，均为自愿。土卡河寨子，位于李仙江河谷地带，普洱海拔最低点，只有 317 米。世代生活于此的傣族人，既是山里耕种的农人，也是江上打鱼的渔民。对故土难离的老人来说，是不愿搬走的。这一部分愿意留下的村民，认为政府的决策对土卡河寨子是有利的。目前的房屋建筑与道路疏通，是好日子的开始，未来的土卡河寨子将会有更好的发展前景。土卡河村寨，也将是云南思茅地区新农村建设的最佳样板。

我和杜文春穿行工地，一边看房基架构，一边评价哪家的位置更好些。

沿着下坡路，一路到滩岸。山根下，几个汉子正在铆焊铁皮船。

我第一次来土卡河寨子时，正赶上汉子们挥舞大板斧打造猪槽船。如今却是以现代切割与焊接技术，将 5 毫米厚的铁皮切割成狭长的子弹状船底、两片叶子似的船舷，然后将船底和船舷三片铁皮，用电焊焊接在一起。这船密实，抗撞击。少雨的季节，李仙江被上游水坝拦住,但渔人仍要每天撒网打鱼,江里搁浅的石头多,铁皮船耐磨抗撞。就目前而言,李仙江仍是边境上的一条未被污染的生态大江。李仙江有名的面瓜鱼和长胡子鱼等,在这条河流中,尚未绝迹。土卡河寨子傣族人家的捕鱼生涯,也还在延续。

上游土卡河水坝和戈兰滩水坝,每天下午蓄水,下游水位急速退降。土卡河的铁皮船,搁浅滩涂。一个只穿短裤的汉子,用力搬挪一艘铁皮船。船头搭在另一条船的船帮上了,移不开,搬不动。汉子看见我,也不客气,摆一下手,要求帮忙。我和他使尽力气,仍不能将船搬挪开。我们便喊杜文春帮忙,三人一起搬,但铁皮船像是被焊在了江滩上。杜文春说,找个杠杠撬撬嘛。汉子从玉米地里找来一根铁棍,伸进船底,上下撬动,三下两下,就将两艘铁皮船分开。

李仙江的滩石远近闻名,只是无缘捡拾。带花纹的石头颇多,都是一些质地疏松的鹅卵石。上游水坝蓄水,水位下降,露出遍滩石头,被江泥裹住。我脚下踩到一块石头,露出深红,色泽似枣。我蹲下,手触,有凉感,与周围晒了一天、微温或发热的江石,有着明显区别。这块石头,三分之二陷入泥沙。我将沙泥刮开,用力拔出。下面部分,青绿、白线岩分割石身,质地密实。杜文春抱起石头,到浅水处清洗,顿显光彩。这块石头,一半红一半绿,抚之摸之,润滑、沁凉。掂量了一下,有十余斤重。又见石头周边,裂纹明显,凹缝处有细小磕撞痕迹,由此判断可能是花岗岩或普通江石。汉子问杜文春要不要,杜文春看看石头,说不想要。我便想,若是好石,定然质地坚硬。鬼使神差,我举石过头顶,扔向一个坑洼处,石与石撞击,声音清脆。

江水变浅,大铁皮船过不了大滩。小铁皮船,比大铁皮船灵活。我们从车上卸下水桶、酒、锅碗、杯子、食物和帐篷,装进一艘小铁皮船,人再坐进去。另一艘,也坐进了人。两船一前一后,向东顺流而下。到大滩,不见漩涡,不见汹涌奔腾的大水,只有巨崖耸峙,硕岩堆积。上游电站蓄水,水位下降,水浅石现。滩坡堤岸又有黑色木头从沙砾里露出,僵硬油滑,犹如远古遗骸。大滩的水,深不盈尺。船不能载重,乘者上岸。渔人下船,纤拉手推,绕石过岩,将船推拉过大滩。下船的人,除渔人外,所有人攀石过滩,爬过大岩。黑黝黝的巨石之上,附生着黑绿水苔,湿滑难行。有的地方,得攀几米高的岩石,再慢慢下来。若是不小心滑倒,或者被下边尖利的石头碰了磕了,都是重创。我背着包,和众人一起,加倍小心,爬过高耸的岩石。

这边的渔人将船推拉过犬牙交错的石滩,到了可以行船的水域,跳上船,以木桨慢慢划动,再入深水区停泊。一船载着东西先行离开,另一船待众人爬过岩石重新开拔,到离小黑江不远的一块坝岸的沙地。先到的人,支好了烤架,放好了铁锅,开始生火烧水煮饭。渔人将打来的大面瓜鱼,掏膛去鳃,切段,放铁锅里与酸笋一起煮。酒是从农家买来的米酒。江水煮江鱼,下酒下饭;土灶烤土鸡,长劲长力。

瞬间,滩岸之上,飘逸鱼肉香味儿。随后渔人又采撷江边芦苇嫩叶,洗净,放入水壶煮水喝。再铺开大香蕉叶,将酒菜摆上,开始晚餐。年轻渔人先端来香喷喷的大面瓜鱼头。王霖森将劈开的鱼头夹半个给我。他说,我们哈尼人待客,最高礼节是将鱼头给尊贵的客人。我不好意思。他见我不吃,便夹了另一半吃起来。我也不再客气。这大面瓜鱼头,鲜美、甜脆。大家相互敬酒。巧的是,我那年拍摄过一个小伙子抱着刚刚打上来的大面瓜鱼的照片,那个小伙就是眼前这个年轻渔人的弟弟。那年春天,他弟弟跟他一起打鱼。我给他看从手机网站搜到的我写的文章和拍的照片,他很高兴。

哈尼人好客、真实,劝酒不灌酒。杜文春闲不住,拿着相机,到江边拍月亮去了。这边,几人聊得热乎。土卡河村一个长得高大壮实的傣族小伙当过兵,他称我老兵,我叫他新兵,亲切感加强了。"男人是山,酒是水",放开喝吧,在这静谧的春江花月之夜。算起来,我好像喝了五六杯,大概有半斤了,没想到。不能再喝了,怕喝高出丑。新兵给我盛了红米饭,我吃了两碗,又喝了两碗鱼汤。酒足饭饱,兴致浓厚,众人唱《想起你》,边喝酒边赏月。

宁静的夜晚,遥远的边地,江滩、沙地、岩石、芦苇、大榕树、婆娑水影……我在边地的大江之畔,眺望山岭明月,沐浴林间清风,倾听江水流淌,是多么浪漫的事。不知不觉,又多喝了两杯,身醉心不醉。我晕乎着,进帐篷,倒下大睡。

二月吃草,三月吃树,四月吃花。这是思茅人的口福,江城得天独厚,曲水更胜一筹。李仙江两岸,万物丰饶。不论江里的、溪里的、箐里的,还是森林里的、石缝里的、坝子上的,美食多多。早晨,往往是农人最忙碌的时候,天还没放亮,他们便扛着桨橹、砍柴刀,背着筐篓,出江打鱼,到坝子干活。月亮西斜,东方欲晓,周围朦胧,渔人钻出帐篷,解缆上船,到深水处收网。杜文春问我想不想到大滩起网,我说机会难得,说着跳上船,到大滩。江水多了些,但大石仍裸露着。杜文春说今早要放水,水多了,就好行船了。此时,水浅,鱼少,渔人在大滩只网了一条不大不小的细鳞鱼。他将网收了,洗净,收好,放入船舱。然后他又到小黑江那边起网,一条五公斤重的大面瓜鱼被拖了上来,还有一条两公斤重的细鳞鱼。船靠岸,渔人用结实的尼龙绳,将大面瓜鱼穿鳃钻嘴拴牢,放入岸

李仙江捕鱼

边浅水里。几个人过来,用手机拍照。近年来上游修建水坝,大面瓜鱼愈来愈少了。我近距离观察这活蹦乱跳的大面瓜鱼,大嘴,齿尖洁白,眼如绿豆,三对翅、两个鳍,胡须粗大,尾如大桨,头生倒刺。吃小鱼小虾的大面瓜鱼,凶猛如鲨,鱼钩钩不住,只能以网捕之。大面瓜鱼是李仙江独特的鱼种,体长似鲨,皮厚肉紧,身子滑腻,钻礁过石,潜水冲浪,速度如箭。这鱼在水下岩洞隐身,一般情况下很难捕到。

新兵早起,取江边泉水,灌进铁壶烧开。然后又用大锅煮挂面。昨夜米酒喝多了,后劲儿大。这会儿酒气涌了上来,我昏沉欲睡。太阳还没跳出山林,沙滩已多了两艘渔船,一对老夫妻,在离我们不远的坡石那里烧水。走近前看,老汉正在清理几尾细鳞鱼,还有黄尾巴鱼,都是用细网捕的。那边树下,他的老伴在摘葱剥蒜洗青菜。我坐在灌木下,看这对老夫妻做早餐。老汉收拾好了鱼,给土灶加火。土灶是用三块石头架起来的,烧着干柴。干柴是从上游漂下来的。水闸放水,将沿岸灌木枝干冲断,一路江石磨砺,冲上滩岸,经太阳暴晒成枯枝。渔人捡拾,当作柴火。行船李仙江,常能看到堆积两岸的柴火。老汉将铁锅放在燃烧着柴火的土灶上,往锅里倒油,再放入切好的葱姜蒜,嗞嗞啦啦来回翻炒,再将一盆切成了段儿的鱼放入锅内。鱼段变得焦黄,再加水,水开了,鱼熟了,加上青菜和焖煮的一锅米饭,老两口坐在滩岸大石上开吃。老两口看见我,问我是否吃一碗。我指着身后的坡坝,向他们致谢。

早餐时多了两位土卡河渔人。王霖森昨晚给土卡河两渔人说要帮我捞那块扔了的石头。友人看了我发的照片,说这可是宝物,阴阳石。王霖森看了图片说是鸳鸯石。或许二人说的是同类奇石。总之,红绿一体的石头,稀奇。我心里惴惴的,后悔扔掉,或与此石无缘。王霖森说不怕,让土卡河渔人捞上来。他问了杜文春丢石位置,那里非河道正中,石头沉重,不会漂走。他说得轻描淡写。早上吃饭时,问一位渔人,昨晚说的事,记得?渔人想了想,没说话。少顷,他想起来了,点头。王霖森又给我介绍一位老者,这位土卡河傣家老人,是个名人呢,曾被评为"万斤户"。老者哈哈笑,端着酒杯一边喝一边说"希汗达"。我没听懂,王霖森说老者在叫他的绰号。每次他到土卡河村,村民都不叫他书记,而叫他"希汗达"。傣族老人们习惯给镇干部起绰号。王霖森的绰号叫"希汗达"。土卡河是边境小渔村,也是曲水为数不多的傣族村寨。傣族语"希汗达",意思就是"四只眼睛"。王霖森戴眼镜,傣族老人叫他"四只眼睛"。一开始不知道他名字,就叫"希汗达"来了——"四只眼睛"来了。后来知道名字,仍这般叫。每次来土卡河,一到村口,傣族老人就说,"希汗达"来了。杜文春是高山村人,在镇政府工作,有时到土卡河村寨,因为蓄着浓密的大胡子,头发乱糟糟的,村人见了他,就说"诺尔"来了——"毛胡子"来了。

上午9时,江水暴涨。水势汹涌,行船艰难,大滩那里更是激湍翻滚。再等个把小时,江水平稳,就可解缆开船。10点钟,从上游飞快地驶来一只大铁皮船,比小铁皮船大一倍。这大铁皮船,适合多人乘坐。此时大铁皮船里站着一个高大青年,手举长篙,威风凛凛。一个漂亮的转弯儿,犁开了一个大半圆的洁白花环。然后渐渐收住了劲儿,缓缓地稳稳地停泊岸边。高大青年跳下船,迅速将缆绳拴在一块大石上,然后登岸踏坡,拿起筷子,端起盛满饭的碗,倒进汤汁自顾开吃。

那个喊王霖森"希汗达"的傣家老汉,问我喝不喝酒。我说昨夜喝多了,再喝就要吐了,以茶代酒吧。我端起茶杯,敬老汉。傣家老汉笑着,说了几句话。我听不懂,身边人给我翻译。老汉问我是哪里人、从哪里来。身边人替我回答,说是从某某大城市来。老汉摇头,他没去过某某大城市。我拊掌,美哉,妙哉。端茶,再敬老汉。君乃大隐士,不知有秦汉,羡慕,羡慕。这岂不就是《桃花源记》里的武陵人所遇"桃源美境"之再现乎?

滩坝附近有两个水潭。早是凉的,可以掬饮;晚是热的,可以沐浴。两水潭四周被芦苇包裹,细沙和苇根,过滤了水质,水潭纯净、清澈,无杂质。芦苇丛中有一条隙道儿,需要边走边拨开芦苇,才能走进最里面一个。那里有一株高过江面几丈的茂盛的大榕树。

江面之上,水势浩大。估算一下,上流水位已涨平稳。大家收拾行囊,登大铁皮船上行。李仙江最难行的,是布满石头的大滩。去年1月,我乘船过大滩时,逆浪湍急,将船冲得直打转,差点儿翻船。今日再过大滩,我想将那一脉摇撼心旌的江水拍摄下来。但船体晃得厉害,只好作罢。这大铁皮船,船头斜立,压着水脉,从相对平稳的江边加足马力,一下子将大滩甩在后面。

到了土卡河,王霖森下船,我也要跟着下船。他说,别下,找石头。他还记得这事。杜文春跟船上两个渔人说了抛石的大概位置,恰好是船停泊的水域。然后渔人向后,慢慢划行。船上的人,细察水底。水清透明,一览无余。下午的阳光照入江水,水下闪烁金色涟漪,像无数连接成环形的星星,明亮耀眼。找了一刻钟,我说不找了,何必让大家这般费神?正欲放弃时,杜文春眼力好,看到了那块石头。渔人要下水捞取,脱衣准备下水,但见水深两米,一定很冷。潘丰从船里拿起捞鱼的渔网,伸进水里。石头虽重,但在水里,因为水的浮力,总是移动。渔人将船稳住,潘丰继续以渔网捞取,还是不得要领。船尾掌舵老艄公,从潘丰手里取过渔网,顺石头方向,不偏不斜,一网罩住,提了上来。这刚刚出水、失而复得的石头,已被清澈的江水浴洗得红绿分明,宛如一枝鲜荷,耀眼夺目,美丽绝伦。我们不禁大喜。

随后,铁皮船加大马力,逆流而上,一路大水,浩荡流淌。经一处陡岩峭壁,觉得奇怪。但见巉岩高凸,悬石如刃,山岩耸峙,要隘险峻,猿猴难攀,飞鸟不越。远观崖岸,大洞深邃,嵌于悬壁,一股阴气直扑而来。杜文春叫了我两声让我看,我正录像,手机录像30秒,录下了此处的概貌。待我录完,他们告诉我,刚刚过去的山崖洞穴,据说是木嘎土司陈定邦的藏宝之处。

新寨梁子山脚渡口那里,有斜坡土路通山连江。大大小小的圆石铺满了江滩,我们在这里等车。我和杜文春踏石滩览江石,大可握抱的裸石居多,被太阳晒得发烫。杜文春拍了不少照片,拣了几块好看的石头。

我们上车后,沿斜坡上山,再到水泥路。行一段,车子停下。王霖森说自此处到半山腰,有一处小型溶洞可看。他在前面引路,四人跟随,沿一条田野小隙道,进入山林,再往坡下走,没有路了,穿林过石,愈走愈深。然后全是黑色陡峭的喀斯特可溶性岩石,呈大石阵状,坡度陡立,向下堆积。我们小心迈步,一点一点"下梯子"。左右危崖,高低巨石,排兵布阵般。竖着的,尖锐似剑;横着的,平薄如刀;悬在头顶的,似鹰嘴鹫喙,犬齿狼牙。五个人手脚并用,小心翼翼攀岩爬石。钻石过洞,深入岩底。汗水涔涔,湿了脊背。终于找到了隐藏在硕岩下的溶洞。洞口有哈尼人留下的香烛,还有一尊白瓷观音。与洞口连着的,是一块貌似菩萨的溶岩。洞内钟乳岩悬垂,头顶岩石凸起,里头有能容纳多人的空间。我转身折返,站立洞口,手扶一根通天长藤,似摇晃一根看不见长度的"天根"。云影变幻,山崖飘动。王霖森指着李仙江方向说,溶洞对着的江岸,就是刚刚行船走过的陈定邦藏宝处的牛鼻子洞山崖。方位之准,坐标之精,有武林侠客探寻秘籍的感觉。我惊问,这边地历史,如此厚重,如此神性,还有多少秘境未被发现?看罢溶洞,我们原路折返。往上攀爬,比向下走容易些,但摄影包成了累赘,勒着肩胛。每攀一步,都要将之举过头顶,放到上面的岩石上,爬上去后,再回头拿起来,然后再放到上面的岩石上。沿途所见,花草幽然,树木葳蕤,硕岩狰狞,藤缠叶遮,风光无限。王霖森一边向上攀登,一边用手拍打一块挡在面前的菱形岩石。岩石中空,崚嶒多窍。上音清脆,下音浑厚。双手拍击,清浊齐鸣,有如金属编钟,宫商角徵羽,五音清澈,恢宏激越,这是大山之圣灵乐器。这漫山遍坡、形状各异的大岩矩阵,简直就是一个"大山交响乐队";整个大山,就是一个庞大的乐池。

天地神迹。

这里若是建一个能连通上下的旋转栈道,更会拥览绝美的风光。

我们攀到岩顶,入山坡平地。太阳把杂草晒热,人走其间,浑身出汗。

上车后继续出发。水泥路消失,衔接着的是黄土路。黄土路被太阳晒得发白、干燥,车轮碾过,尘土四起。山下李仙江清晰可见,到一处拐弯处泊车。四人循着窄小山路上山,山上是稀稀落落的橡胶林,走了近50米停下。杜文春进入小路右边几米地方,扒开杂草，露出三尊神像。几个人陆续进入。这长着杂草和橡胶林的狭窄空间，有风化了的纤维水泥板挡着，不小心踩了一脚，发出清脆的碎裂声。

这三尊不到半米高的红石雕像，排成一排藏在杂草中，雕像身下是枯萎的落叶。三尊神像，饱满圆润，双手叉腰（挨着路边的那尊佛像双臂被毁），背倚大山，面向大江，肃然凝望，表情严峻，含蕴威仪。三尊神像，气概非凡，从姿态看，武者也。他们面容冷寂，并排叉腰而坐，好似刚刚商议了一项重大事宜，内心深处，已是刀光剑影，人喊马嘶。

木嘎山的神像

凝视片刻，王霖森解谜说，从这三尊"神"的服装、佩饰看，他们是当地的军政人物。清朝时期，思普地区边地要塞木嘎大山是抵挡外侵的屏障。而在此地，历史上最厉害的角色,当是曲水的木嘎土司陈定邦。他是驻边土司,也是拓边英雄。这三个人物,一定与陈定邦有关。从右至左,神像按梯次排序,由大到小,一级一级。右为尊、为大、为神;次为元帅、为人;最左边的,人面兽身呈蹲伏状,或喻指猛兽般的战将。

第一尊坐得最高,权利最大,头戴饰巾。脖颈上所挂的珠链,是多颗人头骷髅,隐喻拥有生杀大权。这尊神像,生着三头六臂。三头:一头居正中,两头生于侧耳之上。六臂:两臂叉腰,显现威仪;上面两臂举过头顶,像是祷祝或发号施令;中间两臂被毁掉了,有人用砖头将一只残臂根处垫起,不致坠掉。另一只完全失去。两足弯曲,坐牛身之上。牛是神兽,是哈尼人的精神图腾,牛能给哈尼人带来吉祥。云南多山区。牛,既是生产工具,也是吃苦耐劳的象征。牛能陆地奔跑,亦能江海浮游。骑牛之神,则是一种力量的展示。有如三头六臂之神哪吒形象:"棱层可畏,拥声惊人,并出三头,重安八臂,跨山踏海,把云擎日。"这尊有着三头六臂的战神,眼观六路,耳听八方,上天入地,无往不胜。土司陈定邦希望得到神灵智慧的提携和力量的襄助,从而实现收复失地、拓展疆土之宏图大业。

中间那尊,或是陈定邦自己。陈定邦能将第一尊承让给"三头六臂之战神",足见他对神灵的谦恭与敬仰。当然,他也是知晓中国传统文化的哈尼人。这尊是人化神,一身元帅披挂:头戴尖形盔冠,身穿鱼鳞甲胄,身下坐骑是一头老虎。老虎是山中猛兽,喻示他的身上蕴藏不可抵挡的强大力量,他是鏖战疆场的常胜元帅。

第三尊,叉腰的浓须武士双臂被毁,残肢不见。人面,兽身,头戴扁帽。炯目,浓须。过去的哈尼武士,习惯蓄留浓须。这尊似哈尼士兵中最勇猛的战神。

三尊神像,底座固铸山体。底座之下的土层里,一定是岩石。神像并排而坐,背倚山岭,目光向着对岸,俯视大江,寄托宏伟大志。曲水木嘎土司陈定邦,无疑是一位胸怀天下、誓展宏图的风云人物。

王霖森认为:第二尊的头饰,融合了外来的文化,可能不是本地民族的头饰。本地男性头饰,都是圆满的、哈尼族的那种"荷包"头饰。如果不是本地民族头饰,唯一的解释,就是头盔。时间久了,经过风雨剥蚀,已经看不清楚上面的纹路。再看第一尊的女性巾裹,又像西摩洛或腊咪人的配饰,但又不像。西摩洛或腊咪人,宝藏镇那边有。江城曲水这边,则是从绿春、红河、盈江那边过来的,即从茶马古道过来的民族。这里有一个茶马古道渡口,或可印证这种判断的准确性。助他冲锋陷阵的勇士,有可能是大江之外涉水而来的哈尼人。

顺小道下山，边走边看峡谷里的碧绿江水。大江平静，如一长条没有裂纹、水头通透的碧色玉石。在阳光的照耀下，大江明澈如镜。上车再行，一小时到哈呢哈洛。哈泥哈洛，哈尼语意为"有霜有露的山顶"。茶山主人领我们去看山坡古茶树，很多古茶树上有标识牌，写着地名、经纬度、海拔以及古茶树基部径围、品种等。树杈部生有石斛，其药用价值近年为医学界重视。山坡上奔跑着土鸡和二代野猪。杜文春说，这山茶是生态的，茶林中自然生长的山草，给猪和牛吃。山草里有虫子，给大鸡小鸡吃，不用施农药灭虫，都是环环相扣的自然平衡。听杜文春说的，感觉其中蕴含着深刻的自然生命辩证法。其实，人与植物与动物的生态和谐，是以不可割裂的食物链为介质的，更是"自然与人"相生相克的生命哲学理念。

隔路坡下，是杂草丛生的平坝，有一所废弃的小学校。此前我与杜文春在这里拍过照片。房屋破败，墙体倒塌，黑瓦坠地，木架裸露，现出褐色泥土，成了鸡鸭猪牛和鼠蛇出入之地。茶山主人有心，在校外路边拦了柴门，立了一座石碑。石碑正面用大理石镶嵌，上镌楷书标题：曲水镇高山完小旧址简介。碑文写明创办时间、撤并时间、占地面积等。依林权证图纸所标，东南西北各方位的点、箐、路、山、墙都有明确的界线。1964年8月始建，首任校长：

白云昌。白云昌是王霖森的姑爹,现已70余岁。白云昌校长于大山深处默默奉献,教书育人,曾培养出一个大学生,这个学生现任教于云南师范大学。

夜晚,我们在哈呢哈洛山支帐篷睡觉。院子边上有座茶亭,我和杜文春就在亭子里支了两顶帐篷。有轻雾,能见度稍差,但仍能看清一轮圆满明月。这个亭榭,我去年在此喝过茶。吃罢晚饭,王霖森返镇,他晚上有个会要开。我们约好明天上午一起去参加十五公里村村委会主任的婚礼;下午,他要到江城。已是晚上10点,山风凉凉,无法洗澡,只洗了脚,便坐在院子里的石桌喝茶聊天。聊得累了,就休息。潘丰在檐下台阶那里支起帐篷,睡下,瞬间打起呼噜。我睡到半夜,醒了。拉开帐篷,到山坡那里看月亮。皎皎圆月,将大山照得如同白昼。树影深处,有小鸮和野雉在低叫、鸟儿和虫豸在啼吟。山林之夜,宁静、美妙。

昨晚月圆时刻,茶山主人的一头第二代母野猪,生了十多个猪娃,他给母猪煮了稀饭催奶。临上车,他带我们去猪栏看那些刚出生几个小时的小猪。茶山上还有一位从景谷过来投资改良品种牛的中年人,比我小一岁。他说江城的牛,都是那种很小的狗牛,他要将外地牛与江城狗牛进行杂交,改良品种。一是肉质好,二是杂交牛抗病性能好。茶山主人因猪生崽忙不开,让他开皮卡车送我们下山。车开到山下开阔的小坝子,那里有一群黄牛,是景谷老哥饲养的优质品种黄牛。我拉开车窗看这些黄牛,阳光下毛色发亮,品相上乘。

山道盘旋,弯道均匀。水泥拉丝路面,平整干净。景谷老哥说,这个山道非常适合做专业自行车山地赛道。他有一个合伙人,55岁,精干小老头,喜欢自行车运动。小老头的理想是要找到一条环境气候俱佳的山地赛道。哈呢哈洛山道,他和小老头骑行过,感觉不错。挑战骑行路线,从整康坝子到曲水镇,再到海拔317米的土卡河小渔村,最后到1500米的哈呢哈洛,海拔落差大,上下起伏,自然环保,非常难得。茶园那里建些民宿,运动员可住5~7天。等土卡河段水泥路修好后,就把这个项目谈下来。当地有矿泉水厂,提供点赞助,可以解决沿途饮水问题。从事过户外运动有经验的人,也会给予支持,其实不需要很多钱。能来这里是享受。这里自然环境好,森林密布,箐多树多河流多,气候温润,有高密度的负氧离子。在这样的山地举办自行车赛,健身养心。赛道确定以后,每年举办循环赛事,同时也是宣传曲水。杜文春补充说,我们去年曾经策划中越跨境自行车赛,因为一些客观原因没能办成。景谷老哥说,这条路,我们已反复跑多次了,从里程到速度,再到大小循环,都测过。当然,业余自行车骑行爱好者和喜欢户外徒步者肯定也喜爱这条路。现在要做的是前期准备、外围宣传，以吸引更多的专业骑手及业余爱好者前来参加比赛。

到了镇上，我和杜文春、潘丰上了王霖森的车。一路上，我提到曲水去年搞的哈尼历年节。王霖森说，城市体现文明，乡村体现文化，文化是一种生活态度。曲水的文化底蕴丰厚，想做好有特色的边地文化，让曲水成为文化曲水、艺术曲水，任重而道远。这里文化资源不缺，缺的是宣传。在这里，无论是山间劳动、泛舟打鱼，还是民间节日，呈现的都是艺术化了的生活场景。江城30条河200条溪，大部分是在曲水。水泽山川，水润人文。灵性与智慧，皆与水、与自然环境分不开。河水流淌的声音、风吹树叶的声音、雨打芭蕉的声音、鸟儿对着花儿鸣唱的声音、田间劳动与江上打鱼的歌唱，都是艺术。王霖森问我是否去过甲马河。我说，我去过甲马河畔的云胶公司某队，就在楼房的下面，听见了河谷里有水流淌。王霖森说，甲马河水质好，甲马河的水声玲珑悦耳，被喻为"普洱会唱歌的水"。甲马河的人，不管男的、女的，都有艺术细胞。嗓子好，歌才唱得好。有几个女歌手，虽然岁数大了，一辈子就在甲马河唱歌，但她们不输当红女歌星。我们曲水组长王三的两个姑娘，被云南艺术学院录取了。甲马河人有天赋，一出生就听歌，小孩子个个会唱歌。

杜文春补充说,江城县文工团正、副团长都是甲马河寨子的。普洱市歌舞团的歌手,全部是曲水的。王瑶、李波、白富东,都是实力派的。我们有个想法,曲水镇怒娜村可以以甲马河为中心,开发民族文化边境旅游,发展绿色产业,让老百姓增收。省一级的学校,已经有了在怒娜村甲马河寨子试点的想法。省职教中心也有这个意向,把江城县的艺术培训放到这里,与我们的甲马河学校建立长期合作关系。

曲水村与村、寨与寨,经常搞歌咏比赛。曲水镇从2013年开始,每年都举办"曲水好声音"活动,报名的人很多。我们还举办过"曲水好舞姿"舞蹈比赛。甲马河有了基础,连木嘎寨子都敢搞了,周围村寨都集中到木嘎寨子。去年他们举办了"舞动木嘎,青春飞扬"篮球赛,没有奖励,也不发奖状、锦旗,完全是友谊赛,但老百姓积极性很高。打打篮球、拔拔河,丰富一下老百姓的精神生活。以后还要开展更多的体育项目,比如打陀螺。这样的活动,每年办一次,妇女、儿童、老人,都有期待。每到农闲,大家都会准备、练习。

十五公里是一个村子的名。这个村子,也是124高地。当初起名时,因为是从盘海迁到山上的,从整康坝子到这里,恰好15公里,就不再费脑筋起名了,就叫十五公里村。临近中午,我们到达十五公里村，又见到去年那位老护林员。王霖森介绍说，老护林员曾到过北京，受到林业部表彰，还在中南海受到中央领导的接见。我跟老护林员说，我们去年见过的，老朋友了，你在盘海小学那里上树摘柚子给我们吃呢，那可是红心柚子啊。老护林员憨笑，跟我握手。接着我们来到村广场，一个有篮球场那么大的广场，放置着许多桌凳。临路阴凉处，已有一些桌凳摆开，村民们正在吃饭。下午，要在这里举办婚宴。哈尼人办婚宴，菜品都是自家的，全村及周边村寨乡亲相聚，热热闹闹。我们又转到新郎家。小院子里摆好了小桌子、小凳子。

进入院子，主人过来打招呼。王霖森介绍，这位新郎是村委会主任。随后婚宴开始，我们也入座。陆续上菜：蒸牛干巴、烤腊肠、酸笋煮肉、烂烀狗牛、辣拌五丫果、清水煮白萝卜蘸水，还有一小碗开胃橄榄辣椒蘸水，这些都是地道的乡村土菜。几个年轻村民陪我们吃饭。

王霖森说，以前这个广场是部队的。去年新农村建设，就在这里吹响号角。我负责民房改造，开始老百姓的积极性不高。但是，这边的山地，不适合种植橡胶，就得先动员、做工作。开始时有十户先拆了，房子盖好后，其他老百姓觉得新房子比以前好得多，就跟着拆了、建了。他们建好房子后，差不多花光了积蓄。没有积蓄，就得考虑产业。曲水这个地方,适合饲养冬瓜猪。冬瓜猪的肉,可卖到50元一公斤。一头冬瓜猪,能卖到1000多块到2000块,发展养猪业,比较适合。山地经济,要根据山地优势来搞。曲水地区脱贫攻坚,就要提倡特色、发展特色。

村小组长跟我介绍,我们这个十五公里村人才辈出呢。我们这里有"四宝":民兵英雄朱义宝,大喊大叫李才宝,勤劳致富李玉宝,受苦受难王六宝。

"四宝"就是当地有名的四个人,他们各个有故事,在当地家喻户晓。

边地曲水,秘境多多,秘闻多多。

这里不仅蕴藏着丰茂的自然,也孕育了许多才华横溢的民间艺人。哈尼老人,都会诓故事,幽默、风趣。有个叫况钟的哈尼人,诓故事的水平,四方皆知,曾有人出钱请他诓故事。他诓的故事,让别人笑得不行,他却不笑。他后来到越南当了上门女婿。哈尼人说的话、诓的故事,用汉语翻译不了。如果翻译了,就失掉了原本的意蕴,也没意思了。能说哈尼话、能听哈尼语,才有意思呢。哈尼语,有如文言文,言简意赅,内涵丰富。比如:

哈呢哈洛——有霜有雾的山顶,或曰"霜雾遮盖的山顶"。

朵黑列普——翻山涉水,人爬不上去的箐沟。形容山势较陡,山陡箐深。

岩红斗庝——有许多石头或悬崖的山。

喑雅喑玛——这是一座山的名字。据传山的一边有大神,一边有小神。这两个山神,忌讳白色。当地人认为,人们经过喑雅喑玛,不能穿白衣,不能穿白鞋,不能骑白马,否则山神会惩罚。撒尿拉屎,不能对着山,手不能指着山,否则人会肚子疼等。

哈尼语言,精确、准确,基本是用四个字来概括一句话,且都与民间历史、生活习俗、自然环境有关。哈尼本土语言,有令人想象不尽的意境和厚重的文本解析。这是哈尼文化独到的语言艺术。

站在十五公里村,看四周层层叠叠的山岭。王霖森指着对面说,昨天下午,我们就在那个山头——曲水镇高山村哈呢哈洛。

哈呢哈洛,被哈尼人称为"有霜有雾的山顶",这时已被正午的阳光照得明亮、发白。看不见飞鸟,看不清天际线。雾气消散了,阳光罩住了远处的山梁。偶有几朵白云飘来,投下几片淡淡的阴影。山岭的褶皱、沟谷的罅隙、巉岩的凸起,一瞬间,显露了朦胧影像。生活在大山里的哈尼人,将梦想和期待埋进了千山万壑。他们在沟壑、在江岸、在森林,默默读诵,日月流年。他们在无人知晓的边地,生生不息地活着,从而拥有着属于自己的历史。而我,也在这静寂的眺望中,揆度这个少人知晓的中国西南边地,度量着山与山、水与水、寨子与寨子、人与人的距离。边地李仙江,每一座山,每一条河,每一道箐,每一个寨子,每一位热情似火的哈尼人,离我对理想故土魂牵梦绕的思忆,都不遥远。

李仙江土卡河村的船只

第三章：看羊寨

1. 诸神共宴的山林

勐烈镇是云南普洱市江城县所在地。勐烈是傣语地名，"勐"是坝子，"烈"是河，"勐烈"意为河边之平坝。19世纪，法国人亨利·奥尔良王子曾到过勐烈镇。而就在他游走李仙江之前，已经有他的两位同胞——巴维和马克，从越南莱州乘商船，进入思茅江城县勐烈镇。

江城的山有河流相伴。这些河流隐藏着，突然从一处山岩或箐沟钻出，平静或奔淌，健步或踉跄，汇入李仙江。勐烈镇也一样，它的土地依河流在两岸铺展。而河流的走势，即是一座城市的布局。河的两岸，一边是依山而建的古朴民宅，一边则是现代化的新城。

勐烈河右岸的南麓山，草木茂密，谷壑幽深。河的西岸山坡上居高临下的，是勐烈镇仅存的几处旧宅老巷。阳光带着阴影和明晃晃的枝叶，每天出出进进。从墙根处，萌生几丛细小的草，或从一块石墩子下的缝隙冒出一小片嫩绿叶子，或从路面的石块下拱出几小瓣儿菜芽儿，或从青砖的墙体里钻出几棵纤弱的小草。这些花花草草，到了雨天，就铆着劲儿生长，然后结籽儿，再被风吹落，地上铺了一层草籽。时间久了，便自由自在肆意生长，蔓延到各个角落。很多时候，我走在巷子里，像进入另外一个天地。沿着巷道的小路上山，转了个弯，就进入了浩莽的山林，瞬间不见了老巷老街，不见了河东岸的楼房和远处人来车往的新城。再一转弯，就隐入了

哈尼族老人

茂密沉寂的大山。

　　勐烈河自西向东流淌，勐烈镇地形便自西向东延伸，愈来愈窄，形成一个西宽东窄的轮廓。这条河流狭长，呈一支弓弩状，有一个大大的弯儿。水大时，涛奔浪走；水小时，能看见河底的大大小小的卵石。站在河岸，向西望，两边树木掩映下的河水，发出烤蓝色的光泽。河流静漾，阳光明亮，树木葱郁，有"威尼斯水城"之味道。河流上的桥，除了勐烈小学旁边有一座水泥石桥外，似乎并未见到第二座。只是河流狭窄的地方，农人为了方便，用几根毛竹捆成简易的竹桥，以粗木为桥墩作支撑，结实耐用。从竹桥上走来了负篓背筐的农人，或者牵着狗儿到江这边玩耍的孩子。还有一些年迈的老人，他们行走缓慢，特别是穿着彝族或哈尼族服装的老人，踏着窄窄的竹桥，来回走动。我从这架竹桥走过，整个身子悬于其上。从嘎吱嘎吱颤动的竹筏的缝隙间看见闪烁着粼粼波光的河水，有些晕眩。

　　河对岸的南麓山，草木葳蕤，林树幽深。远处草滩，燕雀起落，盘旋低回。从树间望山下农庄，一派祥和安宁。我走过竹桥，到北坡，然后沿着箐沟，再过小瀑，攀上黄牛走过的陡立山道，再登踏由厚厚树叶铺成的林中隙道，就到了山坡。这个山坡，有牧牛人走的小路。身边的树木伸手可触，更多的是高大的多年生灌木。也有远古遗存的桫椤树,株株呈伞状打开,罩在头顶。我不敢大声说话,生怕从密匝匝的树丛里钻出一只小翼龙或者远古的怪兽。拨开厚重的树叶,泥土湿润。还有一些地方长满了苔藓,湿滑松软,脚踩上去,能踩出一汪水来。若是到了夏天,下雨多,山路经常塌陷,谁也不敢贸然进入。密匝的山林,悬崖下的草丛和厚厚的落叶下会有蚂蟥聚集,人、牛经过,成百只扑来,叮咬皮肤,饱吸人和牛的血。每每想到此种情境,让人不寒而栗。一些地方,因为少有人来,小路被大草和树枝遮挡,必须用手拨开挡路的树枝才能迈脚。

遂想起那年我在西盟佤族勐梭龙潭湖绕湖一周行走所见,我一边走一边记录树的名字。那些树都有标牌,它们似一群沉默的侠客,在"武林"中各有地位——绒毛番龙眼、云开红豆、滇桑、合果木、火烧花、千果榄仁、大叶桂樱、野树菠萝、肉实树、重阳木、八抱树、短刺栲、灰布荆、滇南杜英、短序蒲桃、老虎楝、羊蹄甲、短尾鹅耳枥、长梗杧果、茶梨、乌墨、四蕊朴、构树、鸡嗉子榕、楤树、韶子、细青皮、岩生厚壳桂、环纹榕、大叶桂、干花豆……树木的名字都很美妙。树木的多样性,在这座山上体现得淋漓尽致。对于山民来说,树就是先民。每一株,都似苍髯飘飘的尊者,生长了上百年甚或上千年,看惯了雾里春秋,读透了岁月春秋。我绕湖走了两个小时,所记录的树种不下百种,或许还有隐藏着在山坡罅隙间的古树没有看到。这常年云绕雾浸的深山大壑，定然隐藏着更多没有被我记下的树种。其实，一座山就是一部植物百科全书，只有亲身阅读，才能读出它蕴藏的生命之美。

山林里飞禽走兽，庞杂、繁多。《江城县志》记载的江城主要野生动物及鸟类就有百余种。江城地广人稀，一些地方林密箐深、野兽经常出没。20世纪50年代以前，野猪、狗熊、猴群等对粮食作物的破坏严重，老虎、豹子等猛兽威胁人畜安全。农人打猎护秋、护人畜安全，就成了一项重要任务。自20世纪50年代至20世纪末，江城各乡镇村寨，人与猛兽的博弈、厮杀不断。

以前中、老、越三国边境地带的村寨，多有虎豹出入，经常袭击老牛和牛犊，人们就把牛身涂画成五颜六色的怪物，用斑斓的图案吓唬虎豹，久而久之，就演变成了今天的牛体彩绘。由此也产生了兽鸟崇拜，也延及建筑、服饰、歌舞、音乐、美术作品和日常生活等，形成浓郁的"兽鸟文化"。而在江城乡间的传统老房屋的栋梁以及石器、家具、墓碑等上面都刻有鸟兽的图案。人的服饰、被子、枕头、裆裤和背小孩子的包巾背带等，都少不了飞禽走兽的图案。平时吃饭的桌椅、碗筷和锅盆等物件，也刻印着辟邪祈福的鸟兽图案。

2. 一头牛带我进山

我们循着河边的高堤,向勐烈河东岸慢走。冬季时节少雨,有些地方露出了斑驳的河床,细石如卵;有的地方水流浅浅,潺潺闪亮,微小的鱼虾都不能容身。无法想象这样的河流,雨季时却是一条汹涌、变幻莫测的浑黄泥沙的河流,它能在极短的时间内暴涨,变得粗壮、宽阔。从勐烈镇小学北侧二十余米的水泥石桥进入西岸,那里有一条不太长的水泥斜坡路。顺坡上山,一处楼房下,有块不易被发现的木牌,红漆的字迹歪歪扭扭:大河坝至草皮坝村级公路,全长 16.429 公里。下面又写了几个镇村地名:勐烈镇、大河坝、景新寨、看羊寨、草皮坝。手绘的箭头分别指向几个不同的方向。这些寨子,有各自的美景。

阳光倾泻而下,空气清爽。桥的那一边的一片花瓣儿落了,桥的这一边的一片花儿刚刚绽开了苞蕾。花是一样的花,香气是一样的浓郁。在勐烈镇闲走,不用担心迷路,一边是新房子,一边是旧民居。我们到旧民居这侧的南麓山,过石桥,然后上山坡,再上那段呈 30 度斜坡的水泥路。水泥路上边的山坡,似被挖掘机挖过了,山体裸露着,泥土堆积着。水泥路面的拉丝粗糙,却不难走。没有摩托经过。山坡下,屋舍门闭安静。这些屋舍浮现在绿叶丛中,如同随时准备驶离的舟船。偶见裸露泥土的平整院子里奔跑的鸡鸭,才觉得有人居住。近年勐烈江边的房屋也有所改变,黑砖屋瓦和吊脚楼群中,慢慢出现了红砖房或贴灰白瓷砖的房子。先前大部分人家都是低矮的茅草房,也有干打垒土掌房和竹楼,水泥石头或砖瓦房并不多。山路寂静,海拔渐高。除了路边高大的毛竹,远山浓淡,沃野润泽,阡陌纵横。山林之间没有人迹,山坡裸露处隐现几栋低矮民居,主要是鸡鸭养殖户居住。进入幽深的森林,葱郁的山峦开始收拢,民居愈来愈稀少,掩映在高大树下的木屋,有古代山水画的意境。

我站在岔路,向谷壑看:硕大的芭蕉树下堆放着柴草;大丛大丛的毛竹掩映着几座不大的茅屋。南麓山的毛竹多,毛竹甜笋好吃,老驴多次进山挖来煮食,还往老家和北京特快专递过呢。继续走,身边逐渐出现了一些高大的树木、开着细小粉色花朵的桃树、高悬坡顶的树,枝叶葳蕤。空气弥漫着树脂和薄荷味儿。一路鸟鸣,一路水声。坡下山林里,隐现着桫椤。

那天我们又去了景新寨——哈、彝、汉族杂居的一个寨子。入仄径,进寨子,几家人正忙着杀年猪。杀年猪是农家在春节之前最重要的事情,猪叫声此起彼伏。再从旁侧顺山坡小路走,一条土路伸到山下。我好奇指示木牌上所标识的"看羊寨",名字新鲜有趣,很想去看一下。于是循土路下行,越走越远,却走到了河边。折回坡上,继续向森林深处走。一个汉子骑摩托从身边经过,我高声问看羊寨在哪里。汉子停下车,热心地告诉我看羊寨的位置。

按着汉子的指点,我向森林深处走。土路凸起、下陷,路段堆满细碎石块,有的被阻断,边缘有摩托车碾轧出的小窄道。抬头看山,隐在树丛里的是风干了的松软的泥土。这是不久前滑坡,将许多茅草和小灌木拽了下来,带到了山下。上到山脊,几户简易棚屋钻出树的缝隙,这是景新寨的一个村组。路边放牛的农人背着手提着鞭子走着,几头牛时而钻进树丛,时而现身路边,但很守规矩。主人的声音不大,只是"噢喔"一声,它们便灵敏地返到路边显露一下身子以示存在,然后继续吃草。远处,从山坡那里斜下来一根管子,管子下面连接了一个木槽,清亮亮的泉水在木槽里漾着。在木槽边饮水的,是大大小小的黑色山羊。一个老汉坐在树下抽水烟,一个老妇人在晾晒茶叶。这里的茶农,是从昭通移民过来的。老人带着孩子留守,年轻人都外出打工了。几个老人,牧羊种茶,放牛砍柴,伺候菜园。两三只小黄狗,带着自家的鸡鸭,从院子的竹栅里钻出来,在土路上跑来跑去。

下了西坡,茶园子多了起来。江城山里的野生茶,属大叶种,因独特的气候地理条件,香柔甜滑,口感偏淡,类似近年走红的易武茶。静谧的几户山中人家，经营着漫山遍野的茶林。四周山峦合围，坡树萌生新芽。疾走百米，转入密林。树叶如盖，遮蔽土路。阒静的山林，树木气息浓重。没有一株植物枯萎，都是鲜灵的、精神的。坡上坡下密林里，逐渐出现了高大的乔木。路愈走愈窄，山愈走愈静，是那种没有脚步摩挲土路的声音的静。路变得更加糟糕，有的路段没入了大片大片的杂草。路边的杂草，类似牛膝菊，布满了河谷地、荒野、河边、田间、溪边或市郊路旁。这个季节，早晚较凉，此类草长得茂盛。而到了夏季，则逐渐萎败。

一头牛忽然出现在我面前。这个时候，一头牛的出现，似乎等同于一个人的出现。在山中，只要发现牛蹄印，就可跟着上下山。这头牛颈下有一只牛铃，每迈出一步，都发出叮当声响。这声音让时间有了节奏和调性，让山有了形状和高度，让隐约的境界清晰起来。它沿着山路慢悠悠地走着，像一个走亲串寨、吃饱喝足了的农人，踏着熟悉的山路，转悠回家。我跟着这头牛走，与它保持距离。它的步子徐缓、均匀，偶尔停下，啃啃路边的新鲜杂草。从它并不算大的肚腩可以判断这是一头年轻的牛，眼睛圆凸而明亮，嚼草的嘴巴有力。它不在意我的跟随，像一位善意的带路者，要把我带到一个地方。走了半个小时，这头壮硕的牛，突然一头钻进了丛林里，再也不肯出来。

路边草丛中的水牛

在勐烈镇,我常看见独自或两三头、四五头一群的牛,沿着滔滔荡荡的勐烈河边走动,然后再沿着河边的山路上山,最后钻入了林子里。勐烈镇的牛有时候走在城里时,很守交通规则,它们跟着主人,走在马路的右侧。面对身边过往的车辆,也毫不惊慌。有时,主人将它们领到一个山坡,自己到镇上逛街购物,完后再来找它们。这些牛很守规矩,从不祸害什么。山野里有充足的草和水,足够它们吃喝,它们不会去祸害菜园和庄稼。而牛能自己找到自己的村庄、自己的家,依靠的是村庄的气味。这种气味,无论山路有多远,也无论中间隔了多少山岭和森林,是不会扯断和撕裂的。

现在，这头牛走了。它回到了自己的村庄、自己的家了，只剩下孤独的我，行走在阳光充足的山林里。事实上，牛的痕迹无处不在，山林里、山路上，牛粪和牛尿，以及它们的气味，都是线索。不经意间，就会发现干了的或者湿润的牛粪。牛粪不臭，某种程度上，还有点儿山野花草汁液发酵了的酸味儿。这种酸味儿，常常会招引蜜蜂。沿途阔叶植物、细叶灌木，四处滋蔓，一声接一声的鸟鸣，从树的缝隙一闪而过。而无论我向哪个方向看，都能看见鸟儿，都能听到被阳光搅拌得黏稠的鸟鸣。在这些鸟儿中，偶尔会有一只大嗓门的鸟儿，拔出了高音，像合唱队的领唱，给大山和森林带来一丝清爽。

  我们对乡土农村的内心描绘，已经很少有纯粹的唯美主义者了。但是现在，植物味道进入了身体，我感觉自己就是一株欣欣向荣的植物。伸出手，就能抚摸到从身边漫过的水流般的气息，那是刚刚分蘖的新鲜枝叶、松软的泥土、拔出的草茎和被露水濡润的花的味道。而山里的居民，大都是中草药专家。有一次我去十层大山，向导沿途采摘了不少山菜，都是我不认识的。那个向导对我说，每一种草木都有它的药用价值。农人在山里放牛，带柴刀，背筐篓，放一次牛，采回一篓山菜。农人能辨识山里所有的草药，有病治病，无病当山菜吃养生。不知不觉，吃的全是纯粹中草药，营养又健康,如野生石斛、辣木籽、天麻、三七、七叶草、酸梗菜等。野花也可以吃,如蜜蒙花、大白花、金刚藤花、白藤花、映山红等,都是常见的药食同源的植物。他们最常吃的是芭蕉花,常作为凉菜,或者煮汤菜。还有姑娘茶,也叫扫把茶、野拔子、皱叶香薷,这种"茶"在当地菜市场经常能看到。秋冬采收,去杂质,晒干储藏。取一两株,连茎带叶,一起用开水冲泡,可疏风解表,有利于感冒、头痛、消化不良、急性胃肠炎、痢疾的治疗。对于这些菁里生的、坡上长的、溪里浸着的野菜,农副菜场也都有卖的。这些山里特产,不同于我们常吃的蔬菜。它们的营养更丰富,更有吸引力。这些山菜来源于大自然,清洁无污染,有清火、清心、清肺、清肠胃、健脾、去湿、化痰、消炎、止痛、治跌打损伤、男人壮阳和妇女保胎的中草药材等等。采摘的山菜用不着晾晒干,一年四季的农贸市场,随时都有新鲜的山菜。有时候,他们会炖一锅肉,然后将好多山菜剁碎,放进去,调和入味,做成了内地人无法吃到的美味佳肴。

  树木愈来愈多,大草愈来愈稠密,山路也愈加狭窄,仅能通过一辆牛车。一些山坡也愈来愈陡,让人有误入原始森林的感觉。太阳仍高悬头顶,直直地暴晒,身子沁出了汗,衣服让汗水浸湿,粘在了身上。现在,我不知道在山里走了多久,也不知道几点了,与植物和群山在一起是没有时间的。在山里,时间就是透明的且摸不到的空气,被宁静的森林和幽深的谷壑吸了进去,只能听见阳光碰撞树叶的声音,只能听见云朵摩擦树梢的声响。我的身影、我的记忆,被一点一点吞噬,直至消隐,也成了一株植物,长在了山坡上或山谷里。寂静,可怕的寂静,让我加快了脚步。又是一阵狂走,脚下火辣辣地灼热。

突然听见对面的山坳里有隐约的狗吠和鸡鸣声。我转过一段弯曲的山坡,见有一段水泥路伸进了密林里。顺着水泥路下行两三百米,钻进一个两边有着茂密竹丛的细窄山道,再上坡,蓦然发现隐在森林里的一个小坝子上的几间灰色的瓦屋。

我瞬间明白,刚才那头牛已经尽到了最大义务——像完成了一项任务,它将我带到了有人家的村寨,然后回到了时间深处继续吃草。这是一头具有神性的牛,这是一头有着热忱之心、仁善之怀的牛。它怕我迷路,或者走错,或者半途而返,执着地引领我,进入一个寨子。它与朴实的农人一样,像一个隐喻的注解。牛是山林的一个符号。山中神性的幽邃世界,被它揭开了一角。它让我窥察到了它存在的秘密,这让我心存感激,虽然我与它"素不相识"。

3. 闯入看羊寨

看羊寨是我在无意间"闯入"的。进来时,我并不知道这个小寨子就是看羊寨。我先是顺着水泥路,进入密林,然后走过一截土路,再进入一个农家小院。小院里有高大的木瓜树和长着茂密叶子的杧果树,有破旧的手推车、竹筐篓、木板、陶器、竹竿、旧铁桶、胶管、刀具和牲畜饮水的槽臼,还有磨得锃亮的斧锛、锄头、砌刀、齿锯、短镰、牛绳、犁铧、背筐、竹筛等农具。一侧杧果树下晾衣绳上晾晒着大人孩子花花绿绿的衣服。还有刚割下不久的一种叫"巴皮"的新鲜猪草,铺晒在一块空地上。檐下的平台,放着几个竹箩,里面晒着甜笋、酸木瓜干、蔬菜、旱烟叶和木薯等。灰黑的屋檐下,悬挂着一些火腿、腊肉、肉肠和红辣椒等,这些民间食品,在阳光下闪烁着诱人的色泽,把一个小院子点缀得五彩斑斓,还有一辆车体上粘着泥浆未及时清理的农用机车。在勐烈镇,我常常能看见这种农用机车在街上奔跑着,拉送甘蔗、香蕉、菠萝以及其他物品等。这辆农用机车锈迹斑驳,车体破旧,轮胎磨得没有了防滑花纹,像垂暮之年的老人,孤独地居于角落。

  从小院子出来,沿岔路向上走。路边有块被晾晒的毛竹遮挡的方形石碑,隐约有红漆刻字。拨拉开几根毛竹,看到的是一个项目介绍碑。

  原来,这里就是江边村看羊寨村组。江边村隶属勐烈镇,地处勐烈镇西边 21 公里。看羊寨,从名字看,它是一个看羊人居住的寨子。南麓山坝子和山坳,溪水纵横,草木肥美,适合放养山羊和黄牛。过去,哈尼族人因长期于此山谷牧羊,形成了一个小小村落,于是就叫看羊寨子。这是我的理解。如今所见的看羊寨,十户人家的样子,每户独门独院,与阳光、植物、蔬菜、石头矮墙一起,组成一个村组,隐于茂密的树丛中。每一个暗藏的生命契机,都满足寨子的需要。我看见路两边的蔓草,水一样向四周扩展,拙而朴,厚而妙,荒蛮也似乎成为一种富庶。

时间已是午后2点。算起来,我从山下走到山上的看羊寨,用了四个多小时。如果我粗心,一走而过,可能无法看见石碑。这块项目简介碑让我得以窥见什么。我将毛竹抱到一边,用小相机将文字拍下来,再将毛竹放回去。如果没有这个项目简介碑,我会怀疑这是一个被现世遗忘的寨子。因为除了这个项目简介碑,决然看不出这个寨子与山坳里的其他散落的农户有什么区别,只是它更原始、古朴些。这块石碑在路边,远离寨子,似乎暗示它是多余的存在。对于村寨来说,倒像有"被打扰了"的感觉。而没有被打扰的村寨,才是理想的村寨。这个距中、越、老三国边境不远的深山村寨,与离城很近的山村有本质上的不同。一进来,就看不见外界了,抬头只能看山,看远远近近的树林。

阳光洒满了山坝子,镀亮了物件,溢出了灵性。看羊寨有令人

看羊寨的居民在磨粑粑

怀旧的意味：青砖、黑瓦、沧桑、简陋，只能听见土鸡奔跑时翅膀刮擦草叶的沙沙声、黄狗和黑狗打闹的低吼、老牛嚼食时颈下的铃铛响。看羊寨坝子离山顶很近，位置在勐烈镇以西偏南的森林里，在勐野江的一个支流处，它与勐康口岸仅隔一座山一条江，是江边村分组，犹如落入深谷缝隙里的石头，看似卑微，当把它放在直指天堂梦境的神祇之上时，它竟然变成了宝石，熠熠生辉。

树丛掩映的小院子里，有纵横的电线。空间并不大，青砖的房屋，却多少有点儿贵气。院子的空地上，三个男人正在修理一台小电机。一个小个子瘦青年，戴着一顶迷彩军帽，身上的T恤和短裤很脏,脚穿拖鞋,坐一边看着。一个年轻微胖的女人坐在小凳子上,面前放置一个竹篓,里面是沥尽了水分的糯米。阳光下,泡得发软的糯米似细小的珠贝,净白、闪亮,散发出煮熟了的新鲜稻谷的香味儿。这香味儿飘在空中,是故乡的味道,浓厚、香馥、醇正。院子里电机转动的声音停息了,原来是机线脱焊了。修好了,接上电线,通电,又开始转动。电机是用来碾磨熟糯米的,上面带圆盘,转动时,妇女将盆子里蒸熟的糯米饭,一团一团放入圆盘中,以小勺用力将糯米饭压进孔洞,电机涡轮将熟糯米吸卷进去,再将搅成糊糊的糯米粑粑挤出来。由于黏稠,粑粑把细小的孔洞堵住了,妇女用小勺子舀些茶油润滑出口。然后再将糯米粑粑拽出,放到另一个小盆子里。碾出的粑粑,黏稠、筋道。电机的磨碾,让糯米面团变得滚烫。妇人一边拽,一边将手浸入盛着凉水的脸盆里,嘴里不时发出咝咝的吸气声。他们又将晾晒的糯米装入竹篓里,拿到旁边的厨房蒸煮,再将刚出锅的糯米端出,送过来碾磨。

我在怒江峡谷、哀牢山腹地和无量山地区,曾亲眼见到以石臼和木杵舂磨糯米。地上放置一只厚重的石臼,妇女将煮熟了的糯米,摊晾在一只大竹篾子里,待米里的水汽蒸发散尽,便将糯米倒入石臼中。两位汉子举起沉重的楠木杵,像打夯那样,上下镦打。蹲着的妇女,在木杵举起时,快速将一勺熟茶油放入石臼,防止粘连，也增味儿。经过不断的镦打，煮软了的糯米饭被打碎打烂，打成了黏稠、柔软的粑粑。粑粑筋道，有弹性。用木勺刮出，用芭蕉叶包裹，就成了糯米粑粑。或者放在火架上，用炭火烙烤，就成了烙烤粑粑。我第一次吃烙烤粑粑，是多年前的一个夜晚。我和两位同伴到哀牢山游历，大巴车行至半路的一户人家，司机下车加水，那家老人正围着柴火烙烤粑粑。司机跟那家是熟人，与老人寒暄。我好奇那红红的炭火。老人邀我坐下，递过来一块刚刚烤熟的粑粑。外焦里熟，糯香扑鼻。我吃完他又塞给我两块，让我带给车上两位睡觉的同伴。还有一次我在思茅倚象镇蜡梅坡村给女子舞龙队拍照时，村里的哈尼族人将糯米放入臼里打粑粑。那天午餐主食，吃的即是糯米粑粑。云南人的饭桌上，离不开糯米粑粑。

　　见我进院子，穿短裤、戴军帽的瘦青年站起来，拿起身下的小凳子放在我面前让我坐。我坐下，看着他们劳作，没话找话，问，为何不用木杵舂米而用电机？瘦青年说，木杵舂米太累人，电机磨米，省时省力，只是耗电，容易烧坏电阻丝。我思忖，这隐在山林里的小山村，其实与外界并未隔断，他们也会将科技运用到生活里。但在我看来，传统延续下来的人工设备弃之不用，真是可惜了。木杵舂米，如同手工擀面，肯定比机器做出来的更筋道更好吃。传统的制作工艺、人的手劲儿掌握的力度和效果，总要比机器加工的好。或许这种机器磨面,对于山乡农家来说,只是一种新鲜罢了。这时,瘦青年到水池子舀了一瓢水放在水盆里洗手,又从屋前的芭蕉树上撕下来一片芭蕉叶用水洗净,抓了一团糯米饭放在芭蕉叶子上递给我。我吃了一口,米香浓郁。这时我也是饿了,三口两口就吃完了糯米饭。瘦青年又团了一个刚刚打好的油光闪亮的粑粑,用芭蕉叶包好给我。这碾好的粑粑,带有茶油的香味儿。那种香与糯米的香混融,味道独特,像炸糕。一位脸膛黑红的中年汉子,掏出一支旱烟递给我。

4. 山谷深处的哈尼人

"跟我到舅舅家吃肉吧?"瘦青年邀请我。

说罢,瘦青年就在前头大步流星走着。我跟着他,穿过拱形青砖门,绕过两丛毛竹,再经过一株杧果树,来到一个小院。那里,几个男人正在切割猪肉、收拾下水。我看见一头已被宰杀处理完的猪,挂在一棵大杧果树的枝杈间,两个汉子用茅草叶在水泥地面搓揉猪大肠。一个小伙子端着水盆冲洗水泥地。一位面容黝黑的戴草帽的姑娘,抱着柴火和干蒿草,出入厨房。长着青苔的水井旁,一位妇女正在洗碗碟,水槽里的水,顺沟渠流到了山坡下的树林里。山里不缺水,随处一块山地,都有坑洼积存山泉。看羊寨十几户人家的房屋,都建在山顶下面的坝子上。站在山坡,仔细倾听,能听见山谷里山脚下流淌的溪水声。庭院墙根有水泥排水槽,水从那里排到坡下的沟里。几只鸡鸭和一条柴狗在沟槽边觅食、喝水。两只装着泔水的污水桶放在那里。

瘦青年搬来小凳让我坐。干活的人没有停下手里的活计,都向我点头,致以微笑。抱柴的姑娘,正在露天的火架下添柴。火架上是烤熟了的肉块,香气扑鼻。

肉烤好了,我说刚才吃饱了,不想再吃了。瘦青年不听我解释,大声招呼那边戴草帽的姑娘,可能是他妹妹。姑娘用芭蕉叶子

在看羊寨罗云金家

托着一小块儿冒着热气的、烤熟了的瘦肉跑了过来。她快速将烤肉放桌上,搓着双手,又忙着跑开了。瘦青年用菜刀将烤肉切成小块儿。这烤熟的肉,表面焦煳,粘着盐粒儿。后来我才知道,哈尼人家杀猪宴请,必先上一盘火烤肉。这火烤肉,是给来客吃的。据说,哈尼人的习惯是,先吃火烤肉垫底儿,才能放开量喝酒。

瘦青年捏起一块熟肉给我,自己也捏起一块大嚼。见我踌躇,他说这猪是吃山果喝山泉啃山草长大的,生的肉,蘸辣子,也能吃。我吃了两块,肉烤得外焦里嫩,有隐隐血丝。吃这七分熟的烤肉,有种"茹毛饮血"的江湖侠士啖肉之豪气。如果身披长氅,腰携宝剑,头戴竹笠,捧一只海碗喝酒,就更像走南闯北的古代游侠了。我进入角色了。而我的吃相,也让瘦青年高兴,他要去拿自烤酒,跟我喝两杯。他说:"有酒,肉更香。"我说不能喝酒啊,喝了酒,就回不去了。他有些失望,但还是劝我多少喝点儿酒。我问这位瘦青年叫什么名字,他说叫"罗云金"。我听不清楚,是"云"还是"元",问了好几遍。瘦青年跑出去,回来时带来一支铅笔头,但找不到纸,就顺手从口袋里掏出一盒烟,撕开烟盒包装纸。他一字一句,说他的名字,还有地址。我在烟盒纸上写:罗元金。地址是:云南普洱江城县勐烈镇江边村看羊寨,邮编665900。这时候,那个戴草帽的姑娘进了屋,看了看我写的纸条,纠正了"元"字应为

"云"字。姑娘扑闪着大大的眼睛,问我从哪里来。我说从北京到昆明再到普洱再到江城勐烈镇再到这里……"再到我家呀。"她笑了,接过我的话。她说的是普通话,一口白牙,笑得爽朗。看得出,她是到过内地的人。姑娘问我为何急着走,不如在她家和她哥哥、舅舅们一起吃酒。姑娘的话,似暖阳,如花开。我很想留下来了,准备给山下老驴打个电话,拿出手机,拨了半天号码,却发现没有信号。向姑娘解释说今天到看羊寨,事先没跟朋友打招呼,他会着急。我提议要跟罗云金照张相。他有些不好意思,说穿得破旧。但他还是到屋外院子里找个位置站好,拿出小相机,让姑娘给我俩照了张相。

罗云金仍执意挽留我,我有些踌躇,最终还是坚定返城。我不无遗憾地说明天还有事,我说以后要来找罗云金喝酒。

5.隐藏在时间深处的小寨子

一个七八岁的男孩跑进来,是罗云金的儿子。我问罗云金,孩子读几年级?他说儿子读小学二年级,住勐烈中心小学,每周回家一次。他不接送,让孩子和小伙伴一起走山路。我问山里有没有分校,他说村寨居住分散,没有分校。"孩子到了学龄,就到镇中心小学上学,每天都跟着一头牛下山。"罗云金说。那神情就如同牛是自己的兄弟。我懂，就像那头带着我来到看羊寨的牛。我的眼里闪现孩子跟在牛的后面，或者趴在牛背上的情境。山林如海，牛背如舟，每摇摆一次，都如同浪里行船，一个或几个小孩子，骑在牛背上，穿山越林。随着牛铃的声响，草长高了，树长高了，花儿开了又落，鸟儿一窝一窝地出世，人生的场景也在变，孩子一天天地长大了。牛变成了老牛，却总是主人家离不开的家庭成员。通往县镇的山路难走。每逢大雨，遇到塌方或滑坡时，县政府就出一部分资金，村民自己出一部分资金，进行修路。但在平时，他们像是被遗忘的部落。最大的问题，不是吃喝住穿，而是孩子上学。通往山下勐烈镇的山路难走，骑摩托车是件麻烦的事。山路积水，泥泞黏稠，摩托车不灵便，在泥浆里打转，耗尽力气也难走出。要带一截麻绳，遇到险情，将摩托车拖出。滚过了泥浆的摩托车，还得找一处溪流，小心地清洗。

　　当然，他们还要参加县镇举办的活动，每年10月份的"三国丢包节"和每年8月份国庆乡的洛卡阿朵、田房、龙潭等三个村寨的"三丫果节"。村民们热情不减，不惜踏着难走的山路，带上农副产品，抵达县城和村寨参加活动。三丫果是江城国庆乡的特色水果，状似山楂或者荔枝，含有丰富的维生素和氨基酸。此水果为江城所独有，其他省份县市未见，这得益于得天独厚的地理条件。

那年秋初，我和老驴随旅游局李龙副局长的车进入国庆乡的田房村，见到有许多外村子的农人，一路步行，赶到现场。斯时正值盛夏，阳光明亮，农人携老带幼，不顾炎热，为的是能吃到新鲜的三丫果。三丫果是季节性果实，不能储藏，须现买现吃。江城比较大的活动是"三国丢包节"，来自三个国家的农人，在县城宽阔的广场或中学操场欢度丢包盛会。农人们收好犁耙，攒够柴火，来广场跳跳阿迷车、唱唱拉巴卡。我在文章《到一朵云上找一座山》里有详尽描述。

三丫果

看羊寨"隐蔽"在密林深处，它时刻为自己做着生存的准备，宁静，却充实。除了看羊寨，还有同它一样的小村寨，隐藏在大山的缝隙里。这些小村寨，不是冥冥中的虚无世界，而是实实在在的有着原生态的世界。对于我来说，虽然向往这种不被人打扰的生活，可是对他们来说，有时候却是孤独与寂寞，也困难重重。但是，村寨的孩子终究要走出大山，到外面的世界看一看、闯一闯。虽说乡村土路泥泞曲折,却不能阻止他们的脚步。农人们依然相信走出大山才是未来的希望。

我告别罗云金,登高坡,转小弯,一阵急走,连房舍檐顶也看不见了。

仅仅一瞬间,看羊寨便不动声色,被漫山遍野的树木淹没了,隐入了莽莽苍苍的谷壑。我随意奔跃,都会被大片的林海接住。我孤独地走着,没有牛羊,没有声响。偌大的山林里,我成了唯一穿山而走的人,巨大的孤独伴着我。我朝羊寨方向望去,茂密的树丛之顶,升起了一缕淡淡的炊烟。如果没有人间烟火,谁会想到在一座无人察觉的密匝阴森的深山谷壑丛林,还有一个鲜为人知的寨子?若按标牌提示,还有一个叫作"草皮坝"的寨子。或许更小,像一块"草皮"隐藏在山林的某个缝隙里,或在离看羊寨不远的另一个山坳子里。我再往里面走,或许能进入。但是,时间的绳索,把我从梦境拉了回来。

太阳即将落山。那个未来得及造访的"草皮坝"小寨子,我也一定要找时间探个究竟。太阳落山了,众鸟踏风飞翔。山与山之间,隐隐地多了些阴影。那些阳光下明亮的树,此时被时间的画笔调暗,像巨大的湖,瞬间铺开来。那种漫溢,如深海的潮水,让人不敢接近。在这条通向山里山外唯一的泥土路上,只有我一个形只影单、踽踽独行、疲惫至极的人。我走得气喘吁吁。多年来我在横断山脉以南行走,常常看见居住在大山深处的农人们,他们行走山道,如履平地,且是那般生气勃勃、血气十足,使得整个大山和森林鲜活、生动起来。我在贵州锦屏县同里乡,为了进入一所隐在深山里的小学校,由一位70多岁的挑着担子的农人引路,一路难以跟上健步如飞的他。每每想起,都惭愧不已。养尊处优惯了,身体不灵便了。这神性的大山、茂密的森林,这野性的天地、清新洁净的空气,在我看来,或许只有身坚骨瘦、体魄强健的罗云金这样的农人才配拥有。

天黑了,月亮升了起来,映入眼里的,是跌宕的潮水。我带着疲惫,从山顶走到山下,经3个多小时疾走,回到了勐烈镇。我突然发现勐烈拥有两个世界:山的世界与城的世界。两个世界,两座阁楼。我刚刚从一座阁楼下来,又上了另一座阁楼。与山对望,触摸神秘,悟觉神性。孤独寂寞,相看两不厌。此时的老驴,焦急地等我吃饭。他怕我进入森林会迷路。我告诉他,手机电量已经耗尽,山里也没信号。他说难怪打不通手机。我向他细述了经历,讲在罗云金家吃粑粑和猪肉,讲那个牙齿洁白、笑声爽朗的哈尼族姑娘。老驴一脸神往。

1年过去了,我的人生,经历了重大的时刻——我的女儿小米诞生。她的到来,给我带来了从未有过的幸福和快乐,也让我一下子忙碌起来,全身心投入抚育女儿和操持家务的奔波中。还有就是,军队进行前所未有的重大变革,我随即退役,军旅生涯就此结束。我无法抽出时间到遥远的边境江城。罗云金的照片原想着来年冬天去看羊寨时亲手交给他,却因琐碎的家事和应接不暇的写作没能实现。为此,我内心充满歉意。

老驴日渐厌烦大城市的环境,一心寻找安居的福地。前几年就在江城县新城开发区购置了房产,每年寒暑假,他都要来此居住。他念念不忘我讲的故事,多次骑着摩托车进入勐烈镇的后山,想经历我所经历的。但是,除了漫山遍野明亮的阳光,干净的风,活泼的小山雀、栗头雀鹛、小啄木鸟以及满山坡的树木藤蔓,他没有再看到什么。

边地寨子

他说夏天雨水多，泥浆满路，有一次差点儿失手跌进沟壑，只好将摩托车脱手不管，跳将下来，可惜了那刚买来不久的新摩托车，沾满了泥浆，车体部分也摔得变形。那个路段，每逢下雨，极其难走，险象环生。若是没有高超的车技，很难进入。徒步，也很艰难。鞋底上面沾满淤泥，两脚沉重，好似绑了沙袋。

就像发现进入桃花源洞口的那个武陵人，看羊寨的具体位置，我说得不准确，只是可怜了到处乱窜的老驴。依着我的描述，他从那个山口进进出出，一直没有发现那个路牌，或许是那个木标牌被人挪走了，不得而知。更没有发现山林深处，有整体居住的村寨农户。

路上，他也遇到了几头游走山林吃草的牛。遗憾的是，没有一头牛愿意带他去那个看羊寨。

第四章:迁糯村寨

据 2014 年 10 月 8 日消息:2014 年 10 月 7 日 21 时 49 分,云南省普洱市景谷傣族彝族自治县(北纬 23.4 度,东经 100.5 度)发生 6.6 级地震,震源深度 5 千米,震中位于永平镇。永平镇最古老的迁糯大寺所在地迁糯村寨,大部分民房受损严重。

我于 2013 年 1 月来到景谷永平镇,然后去探访迁糯村寨。记忆定格在了当天的情境。

1. 褪色的时空

迁糯村寨,云南省地图没有它的位置,旅游导航图寻不到它的踪迹。它是一个隐藏在景谷县永平镇以南角落里的小村寨。我问了几位云南本土摄影家,他们也大多未曾涉足,甚至闻所未闻。大概是先前寨子偏僻,加之路途难走的缘故吧。但它确实吸引了我,令我想前去看看。"迁糯"二字,有古旧光泽。迁,是动词;糯,是禾谷、粮米。"糯"字,已然明证了是傣族的寨子。迁糯、糯干、糯福,都是傣家寨子。地处边缘的村寨,大都延续古名,它证实的是地域性的农业特征。古代村镇乡的命名,以精准的想象,让人从中能发现点什么。

通往迁糯村寨的路以前是土路,近年才修了公路。我所担心的是,修了公路后的迁糯村寨到底什么样,恐怕是没有了原先的那种宁静了。而来村寨的人,当然更多的是因为村寨里有座著名的大寺——迁糯佛寺。

到迁糯,必到永平镇。到永平镇,必到景谷县。我从江城县勐烈镇出发,到普洱,再到景谷。山绕山,水环水,山山相连,水水相

孟连树包塔

拥,崖崖相叠,路路相缠。天地硕大的屋脊和高高翘起的檐角,呈现出大开大阖的意境。自然之圣殿,一件件神龛灵尊于阳光下闪着独特的光泽。八小时颠簸、辗转、奔波,风尘仆仆,疲惫至极,也让我吃尽了苦头。傍晚到达景谷,我在车站附近找了一家酒店住下。翌日凌晨,景谷车站周围烧烤小食摊儿呛人的烟味儿把我熏醒。我睡眼惺忪,揉揉眼睛,走出宾馆。在路人的指点下,向南穿行,经过一个农贸市场,然后再踏上一个缓斜的山坡,步行300米,就到了景谷县城最著名的"树包塔"佛院。

这个时节清静无人,寺内寺外只有鸟鸣。自然造化了"肉身"之塔,塔即树,树即塔。偌大的榕树,气根如凝固的水流,渗入了塔砖基座的砖缝,然后抽拔出来,复又钻入上面的砖缝,再以弯曲的硕根包住塔身。榕树的裸根有很强的柔韧性,循环绞力,捆绑、箍紧了塔身。十几个粗大的气根抱住高大的塔,比托塔天王还牛。那些气根形成了塔的"筋骨",纵横布局,坚不可摧。这种互生互固的植物和建筑形成的天然树塔,暗合禅佛的生死相依理念。这也是人格化了的生命美学。我似乎看见一个四维的空间,生机绵绵不尽,意念潺潺流淌。一些秘密、一股力量、一种圣美,皆来自神秘的天地灵境。

我将背囊放下,围着塔身转了几圈,看这有趣的古塔。

休息得差不多了，我到汽车站购买去永平镇的车票。

小镇还算干净，城镇化将农村的土地和楼房连在了一起。新建的三层楼房，一楼做了各种用场：小食铺、小杂货铺、修车铺、理发美容店、茶楼等。二层、三层做客房用，无一例外地被称为酒店或宾馆。问一位门前扫地的姑娘，到迁糯如何走？她说，好远，你得雇车。她顺手指指路口那边的一群人。我与租车司机打交道谈价格历来缺乏信心，贵得离谱不说，私人交易，没有保证。

我又来到这个小镇最贵的也是最好的酒店问价格，标间100元。前台两个身材小巧、面容黝黑、个头一般高、穿着酒店制服的傣族女孩十分热忱，说明这是一个管理规范的酒店。我拿了房卡，问两个女孩迁糯古寨如何走，是否需要租车。她们说，没必要租车，到农贸市场坐小巴，5元钱，一个小时就到。

我当即决定，不坐私家车，就到农贸市场那边坐有营业执照的小巴。我匆忙吃块面包，喝杯水，背起相机，带上三脚架，到农贸市场那边找车。果然，那里停着一辆小巴，车门是开着的，司机在车前抽烟。车上贴着运营票价5元。司机是一位黑脸汉子，看见我朝这边奔来，热情招呼，你来得正好，就缺一个人啦。说完动作麻利地跳上驾驶室。载满七人的小巴，转弯，出发。

迁糯村寨位于永平镇西南17公里处。距离不算远，路是柏油路。阳光明亮刺眼,周遭田野、树木和花草,新鲜干净。小巴一路悠悠荡荡,走着走着,事情就来了。路上不时有农人牧牛归家,小巴蠕动,躲避慢腾腾走的牛群。那些牛也真是牛到家了,对汽车不理不睬。硕大的身子像一座山,每移动一步都很沉重。我问司机为何不鸣汽笛,司机的回答让我忍俊不禁。他说,鸣什么笛呀?这些都是牛大爷,你一鸣,牛大爷们就会到车前拉一泡粪,粘满了车轱辘不说,有时还用流着口水的大嘴来舔我的车窗,舔我的头,舔我的脸。牛大爷,躲得起,惹不起。这司机幽默风趣,也道出了景谷牛的特色。牛拦路,不顶撞就不错了。江城那边也有牛羊拦路,有时还能遇见野象经过马路,谁敢动弹?

小巴开得快,很快经过了芒腊、芒东等村寨,几个农人下车,最后只剩下司机和我。我从后面跳下车,坐到了前座副驾驶位,与这位有趣的中年司机聊会儿天。

行程半小时,到达迁糯村寨的路口,司机要在这里停留二十分钟。若是无客,就走。他问我何时能看完大寺,若是只看一会儿,他可以等我。我想了想说,不一定,我这一转悠,或许像那些牛,慢腾腾耽误了你拉活呢。司机说,跑这个方向的车辆不多,你得早些到公共汽车站等车。司机又指指通向迁糯寨子的岔路口说,大袜龙,就在那里。大袜龙,是当地人对大寺的称呼。我从一个长满了茅草的岔路口进入,走了一截细窄的土路,在路的拐弯处,果然见到路口有块"巨蛋"形状的黄褐大石,上面有四个阴刻未着漆文字:迁糯佛寺。

"巨蛋"旁边有辆废弃货车,只有锈迹斑斑的一座铁架子,没有轮胎,像远古动物的遗骨。我从这个路口进入村寨。金属寺铃的脆响,顺着一缕清风,轻轻地滑过来,钻进了我的耳朵。走不远,便看见翘起的翼檐、破损的泥墙和深红的侧门。再走近些,几十米,就到了侧楼外。土墙黑瓦、尖翘房檐、圆形拱顶、朱漆红门,门下两侧蹲着两个无头小石狮子,像外星人遗弃的石头。寺墙底部有多处墙皮脱落。再看墙头,瓦檐碎裂,黑砖残破,有许多个小洞,像鸟儿啄过,也像是用刀子剜抠过。墙里面细小残屑,随时会掉落。墙的一角,堆放一些锯好了的 1 米长短的粗木,大概是修缮房屋用的。墙根下的泥土路,有些肮脏,有猪狗牛羊的粪便、鸡毛、菜叶、干枯的草、小食品袋和碎纸片等。

沿墙根下土路往里走,抬头即见杂草丛生的墙头。地面也是杂草丛生。或许只有敬佛时,才有人打理。双脚摩挲着土路,时间倒旋,唱片残破,吱吱呀呀,呀呀吱吱,夹杂伴奏的,是破损的磁条发出的扰耳噪音……哦,这么快,没等我回过神来,我的脚步就从一个现代化的小城,迈到了古老乡村的另一个历史时空。不太敢相信。

2. 只有一句楹联的大寺

细察外墙,看到类似干打垒的工艺。它是质朴的、民间的,保有传统的宗教文化特征。又恍若看见一位蜷伏于时间角落、拄着拐杖、孤独无依、衣衫褴褛的老人。这个老人无家可归,身染重病,让人心酸。这就是景谷县地图标识的省级文物保护地——迁糯佛寺?它如同一位穷困潦倒的闲隐之士,在现世的喧嚣里,努力保持着精神的高贵。

转过长墙,抵临正门,正门同样破损。仰望门楣,雕刻着蓝白花纹的木梁歪斜,似要坠地。大门两侧楹联残破陈旧,只有上联,没有下联:

寺门对池道德喜同荆山璞
□□□□□□□□□□

下联脱落或被利器撬掉了,只余一个个空空的字框印痕。从迹象看,似乎很久以前就脱落了。我猜想,下联定是与人的道德、精神理念或生命信仰有关。后来听迁糯佛寺附近的一个老人说,当时佛寺建好后不久,就没有了下联,具体原因不详。现在,这个天下少有的、寂寞了200余年的"独联",又有谁能够完美地猜出、接续呢?

门前有两块镶墙方体碑,隶书阴刻,一块书"迁糯佛寺"四字,一块书迁糯佛寺的历史概况。

看不出来,这个傣族大袜龙占地面积约3960平方米。那可是近6亩地大小。莫非前面池塘、田地和土路也包含在内?这么大的土地面积,定是鳞次栉比、宝塔如林的佛寺,不由得让人想象当年四面八方的百姓来此礼佛祭祀的盛况。定是寺院周围建筑遭到了拆毁,才萎缩成今天的样子。

迁糯佛寺,清乾隆四十三年(1778)建造,是云南较大的傣族小乘佛教寺院之一,也是整个景谷地区的佛教圣地。它位于普洱市景谷县永平镇西南15公里迁糯乡大寨村。迁糯佛寺的建筑结构,由山门、大殿、僧房、戒堂、膳堂等组成。大殿为三重檐歇山顶园廊式建筑,面阔三间15.5米,进深22.5米。内半墙是红砂石须弥座,座上雕有丰富多彩的民间故事图案,上部是精雕细琢的木窗,格扇门上雕龙画凤,镂刻精细。整座建筑具有明末清初的建筑风格,古朴优雅。寺门前有座水塘,青石铺底,蓄水池中,逢旱可灌溉,亦有普泽众生之意。周围绿树成荫,环境幽美。西面有壁画,图案是用金粉涂面的芒岛缅寺。大殿墙基有佛经故事石雕，挑檐和藻井上有木雕。

佛寺门前有两个黑色石狮，高踞于1米的石座之上。初看，与一般常见的石狮没什么差异。细看，就看出了它们与其他石狮的不同。

靠寺门左侧的是雄狮，此狮正值壮年。它劲健的臀胯与尾巴处有一根硕大的生殖器官。可以看出，傣族人崇尚健康和勇猛。这尊蹲伏着的雄狮大嘴张开，双眼圆睁，做噬咬猎物状。与雄狮相比，靠寺门右侧的雌狮，则性情内敛，眼睛微睁，嘴巴紧闭，呈一种内敛状态。雌狮的腹下，有一只憨态可掬、半蹲着的幼狮。细看这只幼狮，却长着一副人脸的样子，身子是狮身。幼狮眼睛似看非看地望着母亲，好像要开口说

迁糯佛寺

话。雌狮后胯,有一个凹洞,是诞育生命的牝门。

这对雌雄狮子,寓意生殖崇拜,寄望降福世间。昔时每遇家有亲事,新婚夫妻必来拜谒。来拜谒的妇女,必要摸摸雌狮后胯那个凹洞,据说这样可以早生贵子。

迁糯佛寺石狮

进寺烧香前,先拜狮神,即朝拜祖先,然后持香烛和祭品,进入寺院,拜谒佛祖。佛寺正门是一座重檐牌坊,上面的木刻和线雕,线条分明,粗细相兼。门头立有木刻金匾一块,上刻"清佛寺"三个大字。清佛,乃清静之佛,符合迁糯大寺的宗教理念。右侧刻有"迁糯和尚,乡官合修"鎏金字,意思是僧人和乡绅官员一起修缮的佛寺。左侧刻有"龙飞乾隆戊戌季春穀旦"("穀旦"旧时是指"良辰吉日"。《毛诗》解说"穀,善也";《辞海》解说"穀,美好;旦,日子。"即美好的日子)鎏金字。金匾后面刻有"福贵门"

三个大字，寓意在此朝拜圣佛的人获福得贵。

景谷是一个充满神性的地方，境内有26处佛祖的巨形脚印，大都在森林深处。傣族古经书《佛祖游历记》中记载，佛祖释迦牟尼向东云游世界，从斯里兰卡、泰国、缅甸，然后进入中国来到景谷。一路上，讲经说法，降伏恶魔。所经过的地方，留下了数处足迹手印。在一部用笋叶片写成的傣族经书《二十六脚果大麻》（果大麻，即释迦牟尼）中都有这些足迹手印的记载。这部经书残存的部分，分别保存在县档案馆和一个村子的佛寺里。

寺门半开，我悄悄走进去。院子静寂，只能听见风吹寺铃声，听不到佛家的祷唱，看不见飘荡的幡影。大殿台阶上，两位老僧端坐于小凳上，专心叠折香纸。寺院幽深、恬静，完全隔离了俗世噪声，好似进入另外一个世界。我脚步轻轻，走到柱子边观察里面的一切。因为有柱子隔挡，僧人并未发觉。静观寺内，光线阴阳各半，如慈水净流，然后涨到了天边，偶有鸟儿飞过，那翅影也是缓缓的、柔柔的、慢慢的、轻轻的。耳边是清脆的寺铃声，那声响偶尔发出一两声，似石击大海，漾起轻柔的涟漪。

从外看，迁糯大寺有如废弃的堡垒，但寺内却是别有洞天。我站在寺院里，一切似乎空了，连同我自己的躯壳。感觉自己就是一片没有生命的树叶，会随时跌落，随时变成一叶小舟，随风远去。

我站在寺院里,任清风拂过身子,感受时光的灼烈和历史的沧桑。迁糯村寨和大寺的存在,是古老孤独和传统沉寂的存在。不知过了多久,我悄悄退出,从恍然的梦境里退出。

3. 记忆是一种乡愁

大寺周围,应该有高大粗壮的树木或竹林掩映,或有池塘之类。这是乡村寺庙的特征,可惜现在这些都看不到了,只有光秃裸露的泥土。那些葱翠的树木、竹林,或早被砍伐掘根了。

一位瘦黑的傣族老伯走过来,主动与我说话。我开始没听懂,后来他改用生硬的普通话。他问我是不是记者,我说我是旅游的。他摇头,说,感觉你是一个记者。刚刚看到你用小本子在记录呢。我笑了,这位老人还真的很敏感。我说,不过,我之前是,现在不是了。我觉得做一个自由人,或许更自在些。老人表现出极大的耐心,他陪着我在寺院外面转悠,又领我走到佛寺后面,指着一丛从残缺墙口长出的茅草说,这里是正门。这座古佛寺是乾隆时期建的,道光时期重修,傣汉风格。当年气势宏大,周边村寨朝圣者众多,兴盛了几百年。后来破败,当地土司进行了一次修缮。到了"文革",厄运难逃,先被砸毁,后又修补。现因资金问题,仍是这般景状。老人语调平静,伴有肢体动作,我听得一知半解。他指着刚刚看过的侧门下边被砸毁的小狮子,是"文革"破"四旧"时砸毁的。老人话语里,包含着无奈和惋惜。

这个上了年纪的老人,乡居一生,该经历的早已经历。他们是中国社会乡村史的见证人。

老人描述古佛风雨飘摇的苦难历程。大寺最大的劫难,并不是过去的兵燹野火,而是"文革"岁月。如同小时候我家门坊前的两个石狮被毁、墙壁石刻楹联被凿毁一样心痛。迁糯大寺所经受的磨难,已从它的遗存看得到。老人寥寥话语,道出了往昔的景象。我感叹,那些弥足珍贵的文化传承,都是以民间的方式保存下来的。

他又讲了一个传说:迁糯佛寺是乾隆朝当地土司请大理州一个建筑大师建造的。佛寺建好后,土司把这位建筑大师找来询问,你还能不能建造比迁糯佛寺更好的佛寺呢?建筑大师回答,我还能建造比迁糯更好的佛寺。土司很生气,指责这位建筑大师没有尽全力建好佛寺,下令手下把建筑大师的手指砍掉,让他再造不出比迁糯更好的佛寺。老者陪着我走到大寺墙外,后墙的一角坍塌残损得像撕开了一半的书页。

佛寺台地下边,是一片田野。其实,这块台地是众人参佛的场地。我分明踩到了条棱状的青砖,俯身察看,用脚扒拉开浮土,见青砖被磨得光滑,有的碎裂,深嵌土里。可能平整耕地时被挖了。台地不算小,半个学校操场那么大。台地下边是沟渠,一条似断非断的小溪,可能是当时的排水渠。已过了插秧季节,大地干旱,路边田埂杂草枯败。田野里有座与村寨基路相连的千余平方米、丈余深的大水池,干涸见底,荒芜杂生,已多年无水废弃了。寺门上联所写"寺门对池"之"池",已将昔时景象道出了。如今却是:池无水,地无苗,山光秃,林荒芜。冷漠、麻木,又是文化的硬伤。懒思身外无穷事,是一种可怕的耻辱;愿读人间未见书,是一种可怜的高贵。这样的历史古迹,应当复以原貌。比如修缮和加固墙体,恢复水池。我想,如果用电脑进行三维立体复原,昔日的迁糯村寨,定然是一个香客接踵摩肩、百姓乐耕的有山、有水、有树、有田园的风水宝地。

佛寺与村寨只隔一条土路。寨子里吊脚木楼已经不多,临近小道,有几间房子以空心砖垒成,没有刷墙,也没有贴瓷砖,青色空心砖裸露着。屋顶用石棉瓦搭成,风雨浇过,已经变黑。房顶纵横交织着许多陈旧的电线。有的架了太阳能热水器,有的架了电视天线。寨子四周也少有绿色植物。身边的沟渠,发出腥臭的味道。

祖辈遗存的福泽之池,如今落魄、荒芜、残破、寒碜,漂泊在外的人,若是怀旧归乡,目睹此番景象,定会勾起内心久违的乡愁,凄然面对,潸然落泪。

我将相机拧在三脚架上,立在土路上,拍村景。忽然,祖孙三人闯进了镜头。一位绾着发髻、用毛巾包头、穿着白色紧身短对襟窄袖上衣、着黑色长筒裙的傣族老奶奶抱着小孙儿、带着大孙儿走过来。大孙儿骑儿童小车,人中挂着清鼻涕。他们看见我,停住脚步,微笑着让我拍照。连拍了几张,老奶奶走过来,向我伸出一根手指,说着我听不懂的话。我以为又是旅游区那种拍照要钱,便拿出钱包,准备给她钱。一位中年傣族妇女走过来,哈哈一笑,对我说,她不是要钱,是想让你给她一张照片。

我明白了,赶紧收起钱包,对老奶奶说,那得好好照一张才行。然后让祖孙到寺墙边拍照。那里比这路上好,测光不错,快速照了几张。我跟老奶奶要了地址,她一字一句说,我一字一句重复,那位傣族妇女纠正,不费多少工夫,把地址记了下来。她叫陶顺兰,云南思茅景谷县永平镇迁糯村村民。我知道迁糯村是一个地道的、纯粹的"白傣"村寨,整个寨子,几乎全是刀姓和陶姓。现今的迁糯佛寺有两位住持,一位 80 多岁,一位 60 多岁,都姓陶。这是以某一姓氏为主体的纯正的白傣村寨,在西双版纳的边远地区,这样的村寨更多。

第四章 迁糯村寨 —— 115

迁糯村寨的老人和孩子

寨子中心,有一座一人高的石台木柱,每根木柱的顶端,都缠绕着几道草绳,草绳间插着竹子,竹子一端或插进土里或悬空,草绳顶端则呈伞状,上面置放祭祀用的食物或者酒碗。这是傣族村寨特有的"寨心",亦即寨子的中心。逢村寨聚会、节日庆典、礼仪祭祀以及谁家有什么解不开的矛盾等大事小事,全寨子的人都要集聚于寨心,由寨老来主持,排忧解难。"寨心",我在云南常常见到。拍照时,又遇到了刚刚在寺前讲述历史的老人。他再次热忱地邀我到他家坐坐,我因急着赶路,谢绝了这位老人的盛情邀请。

4. 离开家园有多久

距迁糯村寨不远，是一条百米长的商业小街，直通永平镇。临街有几家小饭馆、烧烤店、花店等。更多的是修车铺，主要是修理摩托车等小型机动车。这样的铺子一多，就让街面污浊起来，地面上是混合了污浊黑油的泥土。景谷地区两个多月没下雨了。

街道的一家小商铺门前，一位中年妇女正用水管洒水。我问她为何洒水，她看了我一眼没说话，好像说你是傻子啊，不明白这是洒水防尘？我自知犯傻，赶紧站到一间老屋前，拍摄屋后的榕树。那妇女看我想到那边去，直起腰，告诉我，从老屋前的小岔道就能上去。按妇女的指点，我沿逶迤山路攀坡而上，不足百米，就到了山坡上的一块平坝。

冬和春连续干旱，山林萎瘦，竹子枯黄，有的伏地死亡，有的折断倒地，有的开了花。竹子开花，意味着生命走到了尽头。山坡和零落的村舍、田野，都被浩大的燥热罩住。山坡上和田垄附近的竹篁枯黄萎蔫。看不见花草，看不见"寨神树"和"密枝林"，"万物有灵"在此暂时消遁。土路两侧，畜禽粪便和生活垃圾混合，气味难闻。一台锈迹斑斑的拖拉机停在菜地边，有如被大兽噬啃的骨骸，暴露在强烈的阳光下，与不远处的残破房屋、茅棚子相互映衬。

村寨坡地上的榕树不算大,和我见过的大榕树相比,只是小榕树,气根不多,枝叶稀疏。几只陈旧的竹篾筐被扔在那里,在榕树的衬托下,倒有一番古旧的韵味儿。没有雨水,榕树也是无精打采的。水是榕树的命脉,是解读大地肥沃程度的密码。迁糯村寨,赶上了云南历史上少见的最大枯水期,土地干旱,收成减少。但愿到了雨季,一场雨能让这些蔫萎了的植物吸足水分,重新旺盛起来。我看见猛烈的阳光下,大地白晃晃的,让一切细节失真。此时,我闻不到花香,满鼻子全是机车漏溢的柴油味道。那种气味,直把人的乡愁遮盖。乡村大地,乱建厂房,乱搭棚户,乱挖工地,违规的建筑随处可见。对土地的掠夺,可能就是乡村萎缩的主因。

有父子两个挑着粪肥,往地里运送。他们在我的目光里逐渐消失。我看见不远的田野深处白花花的一片,那里的田畴罩上了塑料薄膜,大概是为了保住水分吧。在冬季,农人们也不想闲着,他们努力为土地准备着肥料。他们知道只有未雨绸缪,才会有所收获。

迁糯村寨的小客运站,是一个用不锈钢管焊接的架子,顶棚窄小,像一个小杂货摊。若不是棚顶写着"迁糯农村客运招呼站"字样,真的容易认错呢。

我在这里等候从镇子方向来的小巴,等得着急,感觉胡须都长得茂密了。时间的花朵开了又落,蝴蝶的光泽闪动。我沉不住气了。商铺女店主告诉我,肯定有车来,尽管这个时间有点儿晚。若是无车,也能拦到车,因为不时有手扶拖拉机或摩托车从身边驶过。

　　这是条来往车辆的街道,嘈杂、混乱。从一个商铺传来时下流行的一部宫斗剧的声音,正是某集皇后与嫔妃争风吃醋的较量,还有太监参与,对话声音很大,音响振动——这类远逝了的朝代、任后人胡编乱造的皇妃之间尔虞我诈的肥皂剧,充斥了中国城市和乡村的各个角落。我在这里候车将近一个半小时,耳边一直响着这部剧的剧情。

　　小巴车来了,司机是一个粗墩墩的矮胖子。客人只有我一个,我就坐上副驾驶位置。一上车他就说:"我认得你啊,昨天你坐过我的车呢。"我愣怔一下,今天刚刚到,怎么可能昨天坐过他的车?他认错了人,但我不想扫他的兴,想同他聊聊,便故作惊讶地迎合他:"哈哈,巧啊!"

　　这位胖司机,阔脸厚须,浓眉细眼,方腮大嘴,憨厚朴实,像见到了老朋友,热情寒暄。不用我问,他就说从糯扎渡那边过来的,糯扎渡修水坝,作为移民的他迁到永平。他说他其实最想去孟连,那里有他的亲戚,永平他不熟悉。但无论什么地方,肯定不如祖辈居住地。我问他安居房怎么样。他说因为缺钱,政府补贴还没到位,只能用积攒的钱盖一层先住着,把第二层楼的钢筋留了出来,将来有钱了,再接一层。我说怪不得这一路不少房子都是这样盖的。他说是啊,有钱就多盖一层,没钱了先盖一层住着,等钱来了再盖。我问他农田里能挣多少。他说农田里的活,他基本不会干。永平镇的产业,以烟草、甘蔗、茶叶等为主,虽然产量不高,但能给农民带来收益。永平远离澜沧江河谷,山地宽阔,适合大面积种植这些经济作物。

"我们这里啊,烟草种植虽多,但比不过红河;甘蔗的产量,时高时低,今年的价格是每吨400元;茶叶嘛,多以坝地茶为主,更不能与那些产茶大县比呢。"他说。

小巴车钻过了排排树丛,驶过了平坦的田野,路过搭好了架子的葡萄园。司机见我拍照,将车速放慢,解释说,永平镇政府要搞一个葡萄酒厂。搞葡萄酒厂,就得有葡萄园啊,就得有能酿酒的小粒葡萄。这是政府招商引资来的企业,一定能搞得起来,因为有资金支持。有资金,什么都好办,只是农民的耕地从此没了。农民失去了土地,靠仅有的一点儿土地赚钱,没有长远考虑。至于年轻人嘛,他们更是不安心在家。家里只剩下老人,煮饭、喂猪、放牛、

屋瓦檐上培植的石斛

带小孩。外出打工的，最大的愿望是：挣钱，修屋，建房，娶妻生子。然后再出去挣钱养家，供孩子上学。没完没了。

我问胖司机，乡村的年轻人都到哪里打工。他说，深圳、广州、浙江、上海、昆明、成都等地，凡经济发达地区都能去，什么都可以干，什么都得干。

真能吃苦啊。我附和他的话。他说，不吃苦能挣到钞票吗？也是为了改变自己啊。我问他是彝族还是傣族。汉族，他说。我说，兄弟，我怎么感觉你像彝族人或傣族人呢？他哈哈一笑说，我自己也这么觉得，但我不是彝族人，也不是傣族人，我是地地道道的汉族人。

第五章：班拉古榕

1.遇见阿佤人

吸引我去班拉的,不是那里的佤族人,而是一株千年大青树,当地人称为"世界第一大青树"。这个信息,是云南一位摄影家告诉我的。他说,知道班拉大青树的人其实很少。因为在边境,又不方便去。那棵大树,主根几十、气根几百,树根有篮球场那么大;树冠,有一个足球场那么大。我知道,这种说法有夸大的成分。大青树,是大榕树或古榕树的民间叫法。对于"世界第一"的宣传,需要辩证地去看。"世界"代表顶级或喻指前所未有。若是区域性的"第一",应该令人信服;若冠以"世界"二字,就值得怀疑了。

我决定去找那株古榕树。县地图所标示的,只有从孟连到富岩的路线。从富岩到边境班拉,地图上没有。我不死心,判断肯定有山路,具体路况或行车状态,我一概不知。问酒店服务生,回答说从未去过,恐怕山高谷深——因为那里是中缅边境线。边境,是我多年来最喜欢的行走之地,山高路远,人烟稀少。其实,我一向小心谨慎,对陌生之地也心存恐惧。但我对奇异之树,心里总是有着迫切的向往。去意已定,便着手准备。次日早7时起床,我匆忙吃两块饼干便出发。出门在路边等了很久,打到一辆小电动车。到长途客运站才知,县内坐车,要到农村小客运站。于是又折返,见外面牌子伫立,标有站名。我刚刚经过时,见到这个牌子,错误地横着看了,字的顺序颠倒,与其他乡镇的地名混淆了。

生活里的寻常事,往往被误读,让人原地打转、徘徊、折腾。我误了最早的一班8点的车,只能购9点45分的车了。这意味着我要在这个小客运站再等两个小时。空气潮湿,其中弥漫着小食摊的煤气味道。车站门前,有许多个热气腾腾的小食摊,卖米线、面条、煮苞谷、蒸黏糕、烤糍粑,等等。不足100平方米的候车室,人满为患。我到开往富岩的标示牌下等车。有一对中年夫妻在那里,妻子不停地数落丈夫,那个穿着一身新西装系着领带的黑胖矮男人一声不吭地低头抽烟。男人见我,主动递烟。我问他到哪里,他说到富岩,再到芒冒,到岳父母家。我看见放在他脚边的两箱椪柑。从紧绷的新西装和系得过紧的领带看,应该是好久未到岳父母家了。他媳妇责怪他买的东西太少。与我交谈时,他媳妇停止了唠叨。我问他是否知道班拉大青树。边境,山路难走啊,你只能碰碰运气了。他有些担忧。

车来了，是辆小巴车。从孟连到富岩34公里。一开始是起伏绵延的柏油路，颠簸，不算难走。后来一截路是土路，再后来是难走的山路。小巴车似一只小舟，摇来摆去。两个多小时后，抵达富岩镇。富岩镇地处横断山脉，境内河流属怒江水系。地势东高西低，最高海拔为2239.19米，最低海拔560米。年降雨量为1303毫米以上，为孟连县最多的山区。富岩境内，有保存完好的大黑山原始森林、班拉传统民居及古榕树群。富岩，是傣语"贺岩"的谐音，意为"佤族老大哥居住的山头"。富岩在孟连县西北部，离县城30余公里，是一个以佤族为主体的民族聚居地，主要种植苞谷、橡胶、茶叶、咖啡、甘蔗等农作物。

乘坐小巴车的佤族妇女

富岩镇只有两排房子，分立马路两侧，让人怀疑是一个村组。富岩镇的建筑是近年所建的砖瓦房，完全没有民族居所的特征了，不知此前富岩镇是什么样子。这里很少有外地人来，街上佤族青年大多肤色黝黑，不细看，还以为到了非洲黑人部落。几个骑摩托车打扮入时的小伙子,带着女朋友,嘻嘻哈哈地大声说话。有的只穿背心,裸露着手臂和肩膀上的刺青,头发染黄,与黑色脸庞、白色眼球相配,很像强壮的非洲黑人青年。女孩子也是面容黝黑,显得健康活泼,嘴唇涂着浓艳口红,染指甲,染黄头发,身穿紧绷的牛仔裤,腰肢凹细,臀部圆滚,胸部丰满。这些青年大都20岁左右,是镇子里的新潮青年。他们骑着摩托车,闪电般在短短的街道来回穿梭。有的聚在一起说话,嘴里不停地吐出瓜子壳儿,说话语速飞快。聊到尽兴处,哈哈大笑,追逐打闹。有一个佤族青年到街对面买橘子,隔着十几米的距离,向街的这边跨着摩托车的同伴抛掷橘子。只见他高扬粗黑的手臂,将一枚枚硕大的橘子抛掷过来,这边的几位小伙子,每位都是同样的动作,一伸长臂,迅速且准确地接到橘子。整个过程,有如侠客抛掷飞镖。那个小伙子掷过来五六枚橘子,给这边的同伴。

  街两边做生意的老年或中年佤族女人却默不作声,懒洋洋地盯着街面出神,或者安静地编织竹篾箩、纳着鞋底、绣织饰物。这些日渐老去的佤族女人,不管穿的衣服有多旧,都在耳垂上穿挂两只硕大的银耳环,直坠得耳郭如轮。那大耳环,大得能套得下小孩的手臂。她们个个肤色黧黑,臂粗腰壮,发髻蓬松凌乱,脚下随意穿着一双塑料凉拖鞋或是踩蹋了后跟的布鞋。加上久待在街边,灰头土脸,从衣着到肉体,很像一些出土的石雕人物。

富岩的佤族妇女与昆明民族村"佤族部落"表演的模特不同。"滇人织纺图"是昔时的劳动场景。"佤族部落"里的佤族妇女,大都是从西盟、沧源、澜沧、孟连、双江、耿马、永德、镇康等地的怒江西南部阿佤山挑选来的姑娘,眉清目秀,臀肥腰细,有如电影海报上的部落男耕女织那般。那些佤族女孩,虽跣足束髻,却干干净净,将一大堆棉线织成平展展的粗纹布匹。其实现实并不如此。若想看到原生态的,只有到边地乡村。

我在这些佤族人眼里,是一个地地道道的外地人。我不敢用相机对准街上的佤族妇人拍照。我担心进入"黑人部落"的自己会招致麻烦。这种担忧,其实不无道理,因为我对这个边境小镇并不太了解。此时,我的孤独,那般强烈,以至于缩手缩脚地紧张。这时候不是节日,没有城里人来,佤族妇女们提不起兴致,只是偶尔抬头,懒洋洋地瞟一眼,继续干活。或者低声聊天,露出洁白的牙齿。镇子里的人,对我这个外来者,并不理会。

我问小巴车司机——一位脸上长满青春痘的佤族小伙子,班拉如何走?佤族小伙子头也不抬地说,你说的班拉,就是大曼糯。太远了,要是想去的话,租车!

要是走着去呢?

我问了一个愚蠢的问题。小伙子抬起头,不敢相信地看着我说,那你得走到天黑!

我到哪里住宿?没有帐篷,沿途没有农家小客栈。借宿?这深山老林,我哪有胆子?这个再跨一步就可以到了国外的边境,对于一个孤独而又陌生的游走者来说,不安全。

我茫然无措,向通往群山的路口走。路边有修摩托车的小铺,一个佤族小伙子抬头看我。我停下,走到他的铺子前,问他是否有车往班拉去。他放下扳手说,那里是边境,太远了,只能坐摩托车。你在这个路口等吧,有摩托车,给100元就能去。他边说边抬高手臂,指着远处。我顺着他起伏的手臂往群山深处看,只看到远天宁静不动的白云。那天是浅蓝的,那云是风吹出的流水横纹,像是画家横着挥舞大狼毫,快速在宣纸上刷过的一笔。云的下面,是可以辨认的山林的轮廓。眼前的,则是一条下坡上坡、蜿蜒曲折的细若麻绳的土路,静静地伸进了缥缈的山谷。

我独自一人,坐陌生人的摩托车,走坎坷的山路,进入陌生的边境,玩命?历险?

但此时我早被边境那株"世界第一大青树"——班拉古榕吸引。我决定就在路口等摩托车,或许有人愿意去。我站在坡下的路口,头顶的大树,茂盛地遮着阳光。我站在那里,有如躲在暗处的小兽,踟蹰着是否要钻进幽邃的洞穴,有些猥琐,有些孤单。

远处的白云,已经游弋到山的另一边了。

有三辆摩托车经过,但骑者大都浑身污浊,车后还带着大包的东西。有希望。再等一刻钟,又来了一辆两辆,都是带人同乘。一连过去了五辆摩托车,没有独驾的。我耐心等待。抬头望天,太阳在高坡的树叶间闪亮。那些树叶,有如飞舞的小剑,在天空中发出粼粼光泽。

2. 穿越深壑

一个黑瘦青年骑着摩托车过来了。

我招手,他停下,疑惑地看着我。这是一个瘦削的佤族青年,脸黑齿白,眉浓眼烁。我问他那株大青树他是否知道。他说他家就在班拉,大青树离他家不远。我高兴起来,问他能否带我去,然后再返回镇上,我会付钱。

他有些不好意思,想了一下,说,100块,来回。

他的摩托车后座绑了一圈细铁丝,应该是用来捆拢树枝的。他说这铁丝是用来绑橡胶树的,县城里买的。他把那一圈铁丝用手压平,找来一根细藤条,又缠了几道,不妨碍乘坐,也不会硌人。只是我比他的块头大,坐上去摩托车有些晃悠。我让他骑慢些。他说他有准头,没事的。上路了,才知道这条路有多么难走,弯多、坎多、坑洼多。一路尘土飞扬。由于雨水冲击,路面出现了一些深深浅浅的沟洼,摩托车上下颠簸。一路遇见擦身而过的摩托青年,戴口罩,有单人骑的,有双人骑的。长发飘曳,一蹦三跳,像十里加急、身背令旗驰马奔向驿站的信使,速度飞快。

瘦削青年叫岩龙,佤族男人惯用的名字。岩龙是班拉村人,到过上海,曾在机电工厂打了一年的工。岩龙说还要去上海,这次回来是为了结婚。他和新婚妻子承包了一块山地,栽种两千余棵橡胶树,目前只有两百余棵能出胶,其余的胶树,要等10年才有效益。他说当地胶农,干得比较早的,每月收入过万,每年有10余万收入。而他的胶林,大多没有长成。

车子七拐八扭,一路见山坳里生着许多大树,那些大树错落生长,山坡上还有大片速生桉树,叶子颜色正面浅绿,背面银白。有的坝子栽植了茶树,山坡上便出现了垄垄青翠绿植。远望,有上下凸起的曼妙曲线,有如孕期女人的肚腹。有些地方被挖得裸露了泥土。从这个山脊到那个山脊,摩托车有如小舟,于浪尖之上翻转、跌宕、起伏。悬崖就在身旁,到了高处向下,路面渐次低缓,峭壁与森林相交叠,直坠、上升,都似在浩瀚的大海里起伏。路崎岖难行,有的路段四处散落着乱石,一些石块又被泥土遮住或横躺在土路中间,摩托车得灵巧躲过坑洼和暗藏的石块。有的路面龟裂厉害,有的路面凸起形成棱状。还有的路段,石块堆积,窄小的车轮从石缝间穿过。一些路面的泥土,被来往摩托车轧出了深辙。岩龙总能巧妙地避过。我说这路实在太烂,多少年没修了?岩龙说这路原是各村农民自己修的,不需要人工费,修成这样,已经不错了。

上坡下坡,深壑在侧。若不是岩龙车技娴熟,真的无法想象。我将摄影包放在胸前,双手紧紧抓住座下的扶握,觉得岩龙的身体扭动,大概是我的手妨碍了他的腰,便用一只手扶握。一个半小时骑乘,真是受罪。我一面怕掉进了深谷,一面想着要下车走路。如果步行,一定能领略到迷人的亚热带风光。

富岩地区,山地艰险,深壑绵延至边境。树干越长越高,看起来似大鸟的羽毛。这里藏有大片茂盛的、未被砍伐的原生态的植被。这些年,富岩地区也引进其他树种,多达万棵。岩龙让我看路边茶园里的三月桂、天竺葵、香樟树、滇润楠等树种。这些树木,套种茶园内,驱虫效果好,保证了茶树不受虫害,形成生态茶园。孟连是产茶大县,深山茶园,更有天然优势。

快到边境线了,坡上坡下陆陆续续铺垫般出现一些大青树。这些大青树,全都隐藏在密林山坳里。我从密匝匝的树冠里,辨认出硕大的浓绿,如同悬浮的幽潭。一队鹭鸶,拉出了一道白线,从树冠里穿行,像船在海面犁开的水花。所有空间、高度和距离都变了,山林也变得透明、立体,有如纪元的开始。岩龙说这样的大青树,在坳子里不知有多少呢。这些大青树,树干弯曲,难做栋梁橼柱,未被砍伐。树的缺点,亦是树的优点。缺憾,让树得以生存。庄子在道家哲学里讲过:无用之材,是树得以存活的最大智慧。

山坡下出现了散落的茅草屋,隐在大树的浓荫里。似乎每家都有一株大树,作为护佑的神灵。点缀其间的茅草屋,像小小草棍儿。屋顶的茅草,被阳光照耀,发出浅黄的光泽。有两头水牛卧在一株大树下。岩龙说这个寨子是大曼糯的一个村组,他家不在这里。

腰臀颠得疼痛,尾椎骨酸痛似裂。山路凹凸不平,有如摩托车越野极限挑战赛道。接近目标时,出现许多大大小小的山包,从中穿过的土路,变成了羊肠小道,曲折逶迤,直达山顶。岩龙在狭窄的山路上小心驾驶,生怕滑倒。我在后座没有办法坐稳,因为摩托车不停摇摆。前面根本无路,只有被牧牛人踩踏的隙道儿。我问还有多远,岩龙说那个山顶就是。我说没有几步了,还是下车步行更好受些。我跳下车,岩龙小心地将摩托车斜倚在离小路边不远的一棵树上。他说这样放置摩托,不会挡着路,也不会被寨子里的水牛走过时碰倒踩坏。

我们步行上山。上坡，下坡，再上坡。走一段绒毛小草山脊土道儿，便进了一片密林里。

3. "独居者"的边境

不用岩龙指，千年大青树，蓦然出现！

这株古榕树，是边境少有的"独居者"，有山的姿态、海的气势。顶端的枝叶，如同浪花翻卷，波澜壮阔。空气里弥漫着盛大的植物气息。我几乎要向这大榕树跪下顶礼膜拜了。此时，什么"生命之树""巨树之神""月亮树""世界第一" 等这些赋予这大青树的世俗名称，都是拙劣和俗不可耐的。只有本土冠名，才是标识、合理的——班拉古榕。树与村寨名称或者山的名称结合，犹如籍贯，有它自然生成的"本土性"。

这株生长于边境、鲜为人知的大青树，是自然界植物系谱中最深远的部分，曲径分枝，丝缕缠绕，四处漫溢。主根如柱，气根密实，像硕大的竖琴。榕是自生植物，树龄交错，树中有树，枝中生枝，幼树群挨着枝干粗粝的老树群生长，大小空隙，也被粗细枝丫填满。风吹着树叶，如阳光里来来往往穿梭的鱼群，将天和地搅出了大大小小的涟漪。站在树下，看正午的太阳，照映大榕树细密的叶子，发出了成千上万个明亮、刺眼的光点。每一个光点，都是佛陀的灵光。除了大榕树的主干，那些气根，也都有合抱之粗。这株边地大榕树，与10多年前我在德宏傣族景颇族自治州盈江县铜壁关刀弄山看到的"榕树王"几乎一样。斯时，我理解了海德格尔用"座架"这一学术用语的意义。海德格尔在追问现代技术的本质时，提出了"座架"一词。其意义，不仅局限于"高大"，亦是对现代生活所呈现的世界宏图之喻指。而以这一学术用语来形容"自然构建"之磅礴、宏观，是多么贴切！

班拉古榕，给我以时光的沧桑感与酷烈感。我之渺小，在这里已然没有了时间和空间的位置。此时此刻，我尽享这短暂的惊诧。

我后退着，与大树拉开了距离，这样才能拍全大树。我让岩龙作参照物。班拉村的青年佤族农民岩龙，像一个小学生一样站在树下，当拍照的模特。与大青树站在一起，他几乎就是一棵小草，又似《格列佛游记》中小人国里的小人儿。我慨叹，这巨大的古榕树，只因为地处险要，才有生存的可能。如果谁都能顺利抵达，这株古榕树，离殒逝不会远了。

我折腾着，进进退退，拉近拉远。细部和整体，全都有了。遗憾的是，岩龙不会操作相机，不能帮我和大树拍一张留念。在大树面前，稍微抖动，都会让图片瞬间失真。

班拉大榕树

还有更大的呢，都在山里，我们去不了。岩龙对我说。

看看时间差不多了，我也拍了不少照片，我们便折返。返程，岩龙放松驾驶。山谷在侧，仍是险象环生。路上忽然看见有一处小学，细看门牌，上面写着大红字"大曼糯小学"。这是一座水泥的三层楼房，一个并不大的山区小学校，恐怕是山里最漂亮的建筑了。操场整洁、干净。学校已放假，校园内外十分幽静。这所小学校，与周围的茅草民房形成了明显的对比，当然也是农人得以慰藉的存在。我让岩龙停车，到学校跟前拍摄几张照片。岩龙说这所学校是内地援建的希望小学。

岩龙骑术精湛，遇危险路段便慢下来，紧贴岩壁，双手紧握扶手，小心驾驶。从班拉到富岩的山路艰险，却风光无限，是无法形容的有着大色块的山岩与森林之大美。

一个半小时后抵达富岩。我要请岩龙吃饭。不料这个佤族青年腼腆起来，坚决不吃饭。我说吃点吧，到午饭时间了。岩龙难再推辞，领我到了一个米线馆，却只点了一碗5块钱的米线。这个米线馆，也只能做米线和面条，没有炒菜，鸡蛋都没有。这让我非常不好意思。岩龙坚持在这里吃米线。他说早晨吃的是面条，中午就吃米线吧。

吃罢米线，我们一起往乡街那边走，边走边聊。和岩龙握手道别时，我让一位佤族姑娘帮我和岩龙照了张相。我掏出小本子和笔让他写地址时，没想到岩龙的字写得很漂亮。我夸了他的字。他说只念过初中，高中没念成。他在上海时，晚上常常一个人关在屋子里给未婚妻写信，练出了一手好字。我说这字比我写得好。他笑着说，哪里呢！跟字帖练的。他说他曾经想当乡村教师，可惜这个愿望落空了。此时的岩龙，温文尔雅，有绅士风度。

4.阿佤山的脾气

等车颇费周折。我先是从车站售票窗口买了张返程票，然后在小候车室里等车。先后有两辆小巴车来了，都被守在门口的一个汉人"车头"带走了。街角那里有两辆私人的小巴车。再过一会儿，"车头"又将几个人带到另外一边的小巴车那里上车。我瞬间明白，这个汉人在垄断车辆。尽管错愕，却无法与众人争抢。已经到了下午3点，终于来了一趟。

我登上小巴车。这趟车司机是我来时坐的那趟车的司机，那个粗壮的、脸上有青春痘的佤族小伙。他不甘心前面两趟车将本应从车站坐车的顾客抢了，气哼哼地找汉人"车头"理论。吵得凶，骂得狠。这司机是佤族人。佤族人团结，外人若是招惹，他们定会抱团。几个壮硕的佤族小伙挪动着壮硕的腰臀，心照不宣，从不同方向走了过来。

我很紧张,怕打起来。

"车头"被逐渐逼来的气势所压,态度软化,满脸堆笑,讨好地搂着佤族青年司机的肩膀,从车站里走了出来——他将这一车的客源让出了——这是必须的选择,否则他要吃亏。佤族青年脸涨得通红,不耐烦地挣脱"车头"的手,向小巴车这边走来,拉开车门。我看见有几个当地人跟在他身后,那是去县城的。佤族青年示意我下车,让这些人上车。态度蛮横,不容分辩。我思忖,这个佤族小伙子正火着呢,若与他理论或争执,肯定惹祸上身。

但这恐怕是最后一班车了,不能再错过了。

我来到售票窗口,找那个卖票的佤族大妈。卖票窗口无人,询问候车室里的一个佤族姑娘。姑娘一努嘴,示意大妈在那边院子里。顺着她指的方向,见那位大妈正在院子里,抱着一只硕大的珍珠鸡。这个院子是停车场,却无车,是一片空地,垃圾遍地,许多鸡鸭和猪跑来跑去,让人还以为到了一个养殖场了呢。我吸了两口鸡屎味儿的空气,提高嗓门,大声对佤族大妈"申诉"。我说我买了票,来了两趟车,都不让我上车。这次又不拉我,再不回去,恐怕没车了。我一再强调早买了票的,应该早走。佤族大妈听着,抱着她的珍珠鸡来到了那辆小巴车旁,对那个正在生气的佤族青年司机说,这个人等两个时辰了,两个班车都没坐上,拉他吧。佤族小伙子这才允许我上车。

佤族青年司机摇头晃脑,一路跟着车上的音响唱《阿佤人民唱新歌》。这支老歌,被西盟歌舞团歌手们用现代唱法翻唱了,倒是独具魅力。我几年前在西盟参加普洱茶节活动,在"江三木罗"广场听过他们的演唱,电贝斯加混声音响,他们的嘶哑声,年轻人喜欢。

回到孟连,5点多了。浑身上下全是尘土,拍拍,满手脏污。相机包上也沾满一层黄黄的土。突然发现,相机包外拴着的眼镜盒没了,只剩下了一根拴绳——我这才意识到,坐岩龙的摩托车时,因山路颠簸,弄断了拴绳,那副价格不菲的墨镜丢失了。我有些心疼。到旅馆,洗了热水澡,换上干净衣裤,将脏衣服洗了晾好。干完这些,突然想喝点儿啤酒。我不擅饮酒,何况独饮?但今天一定要喝一口,庆祝到边境线找到了大榕树,也庆祝自己顺利地归来。于是赶紧去商场,买了些食品和两罐啤酒回到酒店。上楼时,前台小伙很热情地叫了我一声"老师",然后反身到柜台下面取出两瓶雪花纯啤送给我。小伙子说啤酒是前几天一个客人留下的,他喝不了。

夜深了。我独自慢慢饮酒。

拉开窗帘,望着面前婆娑的树影,感到城里的树与山里的树有不同的生命状态。山里的树,低调、谦卑,不受空间挤压,自由自在,在天地阔大的梦境绽放葳蕤。城里的树,规规矩矩,生在人为设计好了的公园或街道两边,它们依靠着墙,无法伸展枝叶,根脉扎得不深,因此生长缓慢,且都普遍矮小。

孤独的我,感觉就似都市角落里的一株受压的树,满心疲惫。但又感觉自己像从山壑那边的大青树上跌落下来的一枚叶子,带着漫山遍野的清新,游移在茫茫的夜色中。

第六章：边地小镇

1.勐阿

勐阿，地处云南孟连县边境勐马镇最西边的三角形尖角，也就是所谓的金三角地区。勐阿口岸也叫孟连口岸。它横跨中缅边境西端绵延线的南卡江，界点是跨江大桥中心，即南卡江的中心：南卡江东岸是中国的勐阿，南卡江西岸是缅甸的邦康。也就是说，一条江，彼岸是彼国，此岸是此国。站在这里，东西望望，可以同时巡视两个国家。

边地，是审视世界的观望点。它与内地的熙攘有着本质上的不同。原汁原味的边境村寨生活本态，一座山、两座山或多座山，被无形的政治分割。有如切好了的蛋糕，你只能享受自己的那份。一条无形的边境线，分割着两边的树木、田野、河流、城镇、村庄、道路等等。边地村寨面貌相同，生活习俗相同，文化所形成的默契，就会不自觉地融合在一起。文化界限是无形的，它直接或间接地影响周围地域,让我读到了村寨原汁原味的历史文化。那个时间域,是停滞了的原始时间域。

吃块火腿面包、喝杯白开水我准备出发。打开窗子试试外面,气温很低。街上无车,步行到白象街,在街口处等待小电动客车。一妇女驾一辆车从对面疾速行驶过来,我招手,她赶忙掉头绕过来,停在面前。我上了车,车拐过主街,到了农村客运站。进大厅看

孟连哈尼族妇女

车次,还是晚了一步,到勐阿口岸的两趟早班车车票已售罄,只能购九点半的。我来到候车厅外等车,农人背着大大小小的装满早市购得的物品出入车站。有的妇女背着沉重的麻袋,到娜允集市售卖,还有的担着鸡鸭猪崽,晃晃荡荡走出车站,一路鸡啼鸭叫猪哼唧。这些农人,脸色黝黑,身体清瘦,力大劲足。有个足蹬马鞋、头戴草帽、肩挑竹筐的汉子,一边慢走,一边吸着竹管烟袋,吞云吐雾,腰间晃荡着"帕亮长刀"。产于孟连傣族拉祜族佤族自治县勐马镇帕亮拉祜族村寨的帕亮长刀(又称孟连长刀),纯手工精钢打制,既是生产工具又是生活用具,还是防蛇防野兽袭击的武器。刀身一般长 40—50 厘米,宽 3—4 厘米,刀背基部厚 0.5—0.8 厘米,渐次向梢部碾薄,具有砍、铲、切、削多种用途。质量上乘,使用多年不钝。这种刀锋利,能切断铁丝、剁掉木头里的钢钉头,能敲掉猛兽坚硬的牙齿。远远地看,这个汉子有如古代身怀绝技、独闯天下的民间侠客。

  我准时上车。车开到一个路口,分北、南两条路。向北一条,是我昨天去过的富岩方向;向南一条,是我现在要去的通往边境小镇勐马的路。这段路,大概是建筑拉土车太多,撒落了许多泥土,天热干燥,将泥土晒干,车过,卷起尘土。路边香蕉林、毛竹和小型灌木枝叶上挂满了尘垢。这个季节是枯水期,多天无雨,干旱严重。南卡江河床上裸露着大片石块,水量少到只能看到闪着阳光的银色细线,其实就是断流了的河。这里栽种着大量橡胶树和速生桉。橡胶树和速生桉,在当地又被称作"抽水树",它们抽吸土壤里大量的水分,致使土地干裂,草木不生。车窗紧闭,可我依旧浸没在浓重的土腥气里,只好以随身带的小风衣掩堵口鼻。

一个多小时后到达了勐马镇。镇子脏破,原有的老房子淹没在以瓷砖砌成的楼房中。南卡江两岸像一册卷了角儿揉皱了的线装书。连日旱情,香蕉林叶子焦煳;大坨蕉果,套着蓝塑料薄膜,薄膜蒙着尘垢。过勐马镇,再有半小时就到勐阿口岸,植被开始绵密起来。我注意路旁的指示牌:芒海、勐连农场、勐阿。

前方大楼尖顶竖起一杆国旗,那是国门。下车,我抻了抻腰腿,来到口岸。

到门卫处登记,武警把我的身份证押下给我发了一个"观赏证"挂在胸前。另外几个游客也同样把身份证押下,办理了"观赏证"。一位武警战士引导我们上桥,他警告大家不要越过界线以西第二个灯杆,亦即从"这边"到"那边"数第二个灯杆。灯杆之间,是缓冲地带,但不能再过去了。从大门到第一个灯杆20米,两个灯杆相距20米,共40米,有足够的活动区域。从第一个灯杆到第二个灯杆的20米中间,有两道用黑色漆涂染的杠杠,这两道杠中间即是缅甸。我拍了江对岸的大门以及来往的缅甸村寨的农人。缅甸农人与云南农人没有任何区别，他们骑着农用车，挑着担子，还有三三两两穿着时尚的姑娘悠闲进入。这些农人，是从邦康（又称邦桑）过来的。邦康和勐阿，位于南卡江两岸。两国小镇，风情相似。如果时间允许的话，我真想办个手续，到邦康去看看。我站在连接两个小镇的大桥中间，凝神不动，来去茫然。对面大门带有浓烈的宗教色彩，镀金的拱形外门镂雕波浪花纹，中间有个尖形塔柱，两侧是熠熠闪亮的佛塔。内大门方形，挂一枚国徽、一面国旗。

小镇子宁静，听不到喧哗声，只是偶尔有一辆小型拖斗车向这边桥驶来。

我提醒自己不能走得太远，只能在界线范围内活动。我看了一眼对面小镇的大楼墙面，上面是中国字标牌"邦康矿业股份有限公司实验室"。无疑，这是两国合作的企业，那就是跨国企业了。我默记下这个名称。其实我在此地有些过分小心了。我感觉到武警对我是放心的，在他们看来，这个人的举止谨慎，就连拍照也只是拍一两张完事，有走马观花的感觉。

我参观完，取回身份证，就往主街走，在客运站购买到勐马镇的 12 点 20 分的车票。可现在已是 12 点多了。早餐吃得少，见停车场有两位司机师傅捧着快餐盒狼吞虎咽吃着,问哪里买的盒饭。师傅手指着对面饭店,说那边就有。过马路,到对面清真馆,新疆人开的,买了米饭加西红柿炒蛋。待拿到饭菜,已是 12 点 10 分了。提着快餐,一溜儿小跑到候车室。刚吃几口,就听乘务员呼喊上车。急忙提着餐盒上车,车子一边行驶,我一边吃饭。师傅看我颠簸中的吃饭之状,哈哈一笑,放慢了车速。

2.芒蚌

到勐马镇下车,向温泉路口北走。幽静的路,路边有红塔中学——孟连地区重点学校。大门旁侧有株大榕树,浓密枝叶几乎悬垂到地面,粗大的根脉裸露,根皮粗糙,似伏卧于水面打瞌睡的鳄鱼。坡下有两排红砖屋舍。坡坝之上,是教学楼及操场。这个有着四层环形教学楼的院子里,另有三株大榕树,都是枝繁叶茂,葱郁葳蕤。院子里落了些细碎的叶子,干净、温馨。这是一个非常不错的学校。时值寒假,校园寂寥,鸟儿穿梭树间,啄食榕树的果实;有几只蜂子绕树嗡叫,树上有一个不大的蜂巢。靠着墙根的橱窗,是优秀教师风采榜。年轻面孔多,也有中年教师,都穿着西装制服。出校门,见两侧有红漆楷书对联。上联:迎着朝霞当思如何进步;下联:踏着晚霞要问是否收获。没有横批。

沿公路向山里走,前面不远处,悬坡遮路,有株大榕树根部裸露并直垂而下,根脉像无数条水流,向地面灌溉。再近些,那大榕树却又像悬浮半空的大鹰。山坡偏陡,山路从C形底部穿过。大榕树生长在头顶,似居高临下的大船,高举大帆。如若刮起大风,恐怕会水涨船高,大树就要当空重重劈压下来。我听见了风的呼啸,巨帆在抖动。走近它时,却是安静的,只有行人走动。有一农人带老婆、孩子骑摩托车驰过;有一辆拖拉机隆隆地驶过,车斗里载满人;还有两个背着满竹篓的蔬菜的妇女。我一边走一边仰看大榕树,慢慢地来到镂花镶金、红黄相映的芒蚌寨大门。寨子里有改建的房屋。远处山坡,有几幢蓝瓦白墙傣式新民宅。这新式建筑,按传统老式板棚"孔明帽"式傣族房屋修建。不同的是,水泥砖瓦替代了木板木梁,金属棚瓦替代了传统的泥土烧制的棚瓦。变化了的房屋是岁月流逝的证明。这里的房子完全不像西双版纳保存完好的"纯正的"傣族房屋,也不像思茅曼滩那里山坡上成片的傣家吊脚木楼。

过村寨大门,顺着一条300余米的水泥路一直走,就走到了坐落在山坡上的村寨。这段路面是新修的,水泥细腻没有裂痕,干净得发亮,没有污垢。路的两边,晒着褐色小粒咖啡豆。阳光晒着,清风吹着,香气溢了出来,逗引得几只小山鹧在上面飞起飞落。想必那小粒果实有着太阳的味道。在这个边境村寨,小粒咖啡也是支柱产业。小粒咖啡树我在滇西高黎贡山见过大面积种植。路基下边的水田里,突然出现七八只大白鸟,它们抬起长长的腿,小心踏踩水田,啄食水田里的小鱼或虫子。这一景状吸引了我。白鸟每迈一小步,都是那般淡定,它们怕的是惊动水田里的生物。猎食是需要技能的,这些大白鸟在蓄满水的田野里觅食,能用长嘴从水

村寨水田

底快速钩出小鱼小虾,又让水面不起一丝涟漪,此种绝活,只有鸟类能够做到。水鸟、水田、埂坝、蓝天、绿山与远处的吊脚楼、竹篁、大榕树构成了一幅绝妙风景画。

我从水泥路下到了田埂,顺着窄窄的田埂慢走,企图接近这几只正在捕食的水鸟。对于它们来说,有一点儿动静就会受惊飞走。少顷,它们发现了我,但它们努力克制,与我保持着一定的距离。不到离它们很近的距离,它们是不会飞走的。问题是我忍不住举起了"炮筒",咔嚓声惊动了它们。这个训练有素的飞仙小分队呼啦一声掠起,一瞬间抬升几十米,姿态高雅、雍容贵气。它们斜飞着冲向高空,在高处慢慢盘旋、滑翔一会儿,其中一只长鸣一声,落在距我更远的水田里。后来我向摄影家钟建光咨询这是什么鸟,他查阅了横断山鸟类资料,给我答复:东方白鹳,是全球濒危鸟种。西南偶见,内地少见。他判断,芒蚌村的东方白鹳是迁徙之鸟。并不擅长拍鸟儿的我,竟然无意间在一个边境小寨子的水田里,将它以中焦镜头近距离抓拍得如此清晰,让他惊诧不已。路上我问一农人这

白鸟是不是常在这里出现,他说当然,农人将鸟视作神灵,无人打扰。更有农人平时在水田养殖鱼或田螺,也不阻止白鹳猎食。我想起阿尔伯特·施韦泽说过一句话:不敬畏所有生命,就不是真的道德。珍稀的鸟儿,边地才有;美妙的仙灵,有德的人才能看到。

我站在水田埂坝上,拍摄山根下的傣族寨子。生出嫩苗的水田,明亮如镜,阳光洒下,消融了界限。被树丛掩映、高低错落的寨子,房前屋后开得正旺的桃花,蓝天下金黄的油菜花,从寨子深处露出的金色尖顶……寨子幽静,有寺院进入眼帘。寺院内外的空地是水泥地,上面铺晒着咖啡豆。一个傣家妇女正用竹耙来回翻晒。她扭脸看我,微笑,继续干活。我进入寺院,院子里的咖啡豆晒得脱了皮,脚踩上去,发出嘎巴嘎巴的碎裂声。围着金殿和金塔细观,金殿的窗台上堆放着傣族文字经书,门窗紧闭,台阶上放着打坐的山茅草垫子。寺院无人,大概是午间休息。

佛铃摇响,来自风神。如果我把精神看成清风,那么肉体就不再沉重。

寺院不大,足够全寨人朝佛礼佛。在云南傣族地区,朝圣佛祖,无须到深山里去,家里就有佛像和神灵。与神为邻,令人感动。神佛就在身边约束和规范自身品行。也许只有这个山高路远极边之地,才有醇厚的宗教本态。我步出寺院时,翻晒咖啡豆的妇女正坐在门廊石凳上聊天,手里攥着粑粑吃。看见我,她大声招呼,过来吃粑粑。我致谢,说吃过了。那个女人说,吃过了再吃点嘛。这不是礼让,而是真诚的邀请。我内心火热,这才是真正有人情味儿的纯美的故土。我再次致谢,继续往寨子深巷走。田野边的一株大榕树下,围着一圈儿人,听得见翅膀噼噼啪啪的脆响声,尘土四起。圈儿内两只鸡伸长了脖子,竖起了羽毛,争斗正酣。主人没有鸣金收兵,它们不会歇战,我站在圈子外,看两员雄鸡大将来来回回,挺着枪一样的头颅鏖战,身上的羽毛盔甲跌落。人们哈哈大笑,评论战事。还有两个男人腋下夹着壮硕的大公鸡,站一旁观看。可能是刚刚战斗完毕,两只鸡似乎余兴未尽,瞪大了眼睛,低声叫着,发出短促的喔喔声。农闲时节,斗鸡成了傣寨的一种消遣。

正午的阳光照进了水里,闪闪烁烁,如沉入水里的玉器,发出粼粼光亮。光亮让一些物象隐遁得无影无踪。那一群东方白鹳已经飞到了路边高坝水潭处歇息。我凝视了一会儿,顺着路牌指示,向山里走。我愈走愈深,听见路边流淌的溪水声。这水声伴着鸟鸣,将阳光旋起的热气逼进了草丛,燥热得到了暂时的稀释。然后再贴山根行走,头上的巨树,有如浮云;崖石、草影、大榕树、蕉叶、桫椤、巨叶树、硕大的云朵和大草,将天穹的蓝劫掠一空。头顶的山坡，遮蔽了天空和阳光。桫椤树和红豆杉，是有巨大树冠的植物，高悬着，令人晕眩。清风吹拂，蓝和绿搅拌在了一起，大小叶子搅拌在了一起，鸟鸣与虫啼搅拌在了一起，呈现了一个完美无瑕的树的迷宫。只有贴近大山，才知道人的低矮；只有临水而行，才知人的认知局限。鸟儿不同，鸟儿有翅膀，可以到任何地方，可以飞到令它们惊诧的山野河流，它们是时间与空间诞育的宠儿。哪怕再小的山雀、斑鸠和鹁鸪，也会让自己享受天高地阔。

　　我走到坡下的一条细窄小土道上，旅游鞋踩在尘土里，大脏大污。路标提示我，再往山里走千米，就到了勐马温泉会所。顿时来了兴趣，沿着土路，继续往深山里走。这是一条下坡路，愈走愈深。20分钟后，进入山谷，却是灼热无比。再走，就看见了一个四合院和两排小房子。问卖门票的，答曰大池子因客少不开放，小池子倒是有。我不想泡室内小池子，泡大池子晒着太阳、呼吸新鲜空气才舒服。我只能原路返回。午后客运站的车辆明显减少了，下午4点上车，能坐七个人的车上已有五个人，还差两个。司机不甘心，沿着街道来回慢慢行驶，期待能有客人上车。百来米的小型商业街，来回走几遍，不见有客，司机结束了沿街找客，上路了。

3.南垒河

翻开历史的卷册,1254年,蒙古大军压境,逼迫一个地方政权勐卯(即今瑞丽)王国的臣民南迁。当时朝中四位大臣兵分三路,千辛万苦寻找栖息之地,最终在一个边缘之地找到了一个河谷平坝——孟连,傣语意为"寻找到的好地方"。元至元二十六年(1289),在孟连设置木连路军民府,第一代土司罕罢法始建孟连城。明永乐四年(1406)孟连设置长官司,当时的土司刀派送为长官司长官,居六品,辖区逐渐广大。

孟连县城白象街上,我住的酒店对面,恰好是孟连县标志性的建筑大金塔。这座大金塔,是云南普洱地区标志性的宗教建筑。我在普洱交通新版地图上,看到过这壮丽恢宏的圆形金塔的图片。此时,它正在我住的这家酒店的窗外,尖顶金塔恢宏地耸立着。我隐约听到风吹寺铃的叮当声。我放下包,来到路口。两边树丛茂密,南垒河畔映入视线之内。隔河相望的,是地图标识的娜允古镇。或是冥冥之中的一种神秘力量的牵引,让我住在了这个幽静所在。

寺院正门临街,是南垒河岸畔马路。高大粗壮的棕榈树,随河岸逶迤延伸。树与树的间隙有灯杆,灯下面有横杆,挂着大红灯笼。城和村,被这道风景线切割。这条路装扮得异常喜庆,是因为节日——这是一条节庆的街道。每当"神鱼节"(孟连傣族拉祜族佤族的节日。每年4月10日至13日民间百姓感恩"神鱼"给人们生活带来恩惠而举行的庆祝)、泼水节时,与南垒河贴近的最宽的马路,就成了众人拥挤的场所。云南许多地方都有这样的街道。寺院无墙,只隔一层铁栅。透过铁栅,可见熠熠闪亮的金色塔身。寺院空寂无人,幽静得只能听见椋鸟的嘀咕和鹎鸟的鸣唱。水泥地面落叶数枚,角落有一株大榕树,树冠垂过头顶。

金塔由八座圆锥小塔环抱一个主塔构成,主塔高30余米,每座塔上均挂有风铃,风吹过,便发出清脆的响声。据传,孟连金塔的来历与"贺罕"(宣抚司署)相连,为金殿。金塔建成时间较晚,塔四周伴着龙,龙旁边均有一只仙鹤。仙鹤是道教的象征。仙鹤在象征佛教的金塔中出现,令人匪夷所思。从傣族传统习惯和所处区域特征看,孔雀是傣族崇拜的吉祥鸟。金塔不设孔雀却设仙鹤,大概是融进了道家的健康、期待族群长久发展,或者是"以人为本"的生命理念。事实上,它所体现的是佛道结合。这种结合,与宗教文化并不相悖,是和谐相融的自然与人本。这与怒江峡谷丙中洛(丙中洛位于怒江傈僳族自治州、贡山独龙族怒族自治县北部,是横断山之怒江、澜沧江和金沙江"三江并流"核心区)地区家族

孟连佛塔

式的宗教信仰十分相似。多年前我在丙中洛漫游时,曾遇到傈僳族农人带孩子在峡谷里行走的情形。他们不是串亲戚,不是去赶集,而是走几个小时,去重丁教堂(建于1935年,是丙中洛地区著名的法式教堂)参加礼拜。丙中洛峡谷宗教信仰自由,人们可以信奉藏传佛教,可以信奉基督教,也可以信奉天主教。有的家庭,一家三口,信奉不同的宗教,互不干扰,和睦相处,没有因为宗教信仰发生矛盾的事情。

我站在佛塔前,聆听神佛给周围带来的灵性。佛音如云,上下浮动。凡是进入此地者,非内心纯净,决然体会不到这种宁谧。它是往昔之静,不是现世之器。

每座佛塔下方都有地宫入口,地宫供奉弥勒佛。弥勒是三世佛中的未来佛,属大乘佛教范畴。金塔有此佛像,可认为是小乘佛教在与大乘佛教的交往中,吸收了大乘佛教的诸多概念。经过长期发展并吸收了本土的多神信仰的小乘佛教,逐渐成为傣族全民信奉的宗教。从当地小乘佛教的寺院建筑、教义和理念、传统习俗以及佛寺教育等方面看,小乘佛教对保护地区的生物多样性有着诸多重要的影响。

地宫四周壁画是《西游记》内容。《西游记》是中国文学经典,是文学顶峰之作、精髓之作,书中的大小佛在佛教故事里都可以找到。孟连金塔附属建筑中最主要的是四个环绕塔基的方亭。(一般的佛塔或佛寺都有方亭,意为"指路的亭",为人指点迷津。傣语称"侈哦啦")四个方亭,分置东西南北,分别供奉东西南北"四大天王"(南方增长天王,司风;东方持国天王,司调;北方多闻天王,司雨;西方广目天王,司顺。合起:风调雨顺),各护天地一方,祈祝四方太平,五谷丰登。孟连金塔,外实内空,地宫只准男性进入。到了旅游旺季,从金塔外面可以看到有几个佛爷盘膝坐在那里,给游客拴线,据说拴了线可预防疾病,保佑平安。来自四面八方的人和当地的百姓为求得一条"吉祥之线",络绎不绝来到这里。

从角落走来看门老人。我忘了买票,掏出 10 元钱给他。老人拿着钱回屋去了,再出来时,手里捏着几张零钱和印有金塔的票据给我。我后来知道,看护孟连金塔的老人有两位,都是从娜允寨子经过考核"选拔"的老人,通晓古老历法,能推算季节与天象之变。

看完金塔,我沿南垒河边闲走。

走累了,倚着栏杆看被阳光照映的河水,看融在氤氲烟岚里的娜允村寨。那里,一小片儿絮状云霭随一小缕清风,一溜儿斜飞。有几只小雀从絮云里钻进钻出,有如弹弓弹射出的泥丸,上下起伏,快速蹦跳,陀螺般旋转,直到变成了一个个小黑点儿。

冬季的南垒河裸露了浅滩。我沿着南垒河的栈道行走,看见河边有一株怪树倒入河里,映出倒影。这株怪树已是垂亡之态,踉跄着倒入河里。这棵斜倒的大树,根在水里,树冠贴近水面,与水面成 45 度角,却不能倒下,水里有一块岩石撑住了树身。因有充足的水和抓进岩缝里坚固的根脉,这树长得茂盛。这样的树、这样地活着,也是一种生命姿态。站立的,有刚直不阿的态度;倾倒的,也有不卑不亢的傲骨。但不管哪种活法,都有它的道理。这与挣脱生命之累的人生,又有何区别?大树边,有座铁索拉紧的桥,上铺木板,有人走上去,桥板晃得厉害。我用快速模式,拍摄下这株树与河流。

转到山那边,有个小寨子,十几户人家,木板棚顶,木柱吊脚,是娜允村一个村组,临河而居,偏于一隅。离娜允古寨尚有一段距离。河边有新植树十余株,枝叶稀少,或只需一段时日,就能茂盛起来。转回,一路又见大树生于浅滩。在此若是小住几天,该有多好。走龙山公路,一个小时步行,舒展筋骨,身心惬意。转到寨子时,已是汗水涔涔了。

4.娜 允

南垒河边娜允寨子,是一个有着浓厚傣族风情的古寨,已有700多年的历史。也就是说,娜允寨子,要比桥那边的孟连县城,存在的时间更长些。民间这样说,先有娜允,后有孟连。娜允,傣语意为"京城"或"内城",是内地和边疆商贸往来的驿站。寨子整体建筑风格为傣汉结合,形成了傣、汉两个民族不同风格合璧的浩大建筑群。土司时代,依傣族旧制,山城娜允古寨是由"三城两镇"组成的。三城为上、中、下三城。上城是土司及家奴居住的地方，中城是官员和家属的居住地，下城则是下级官员的住处。两镇是芒方岗和芒方冒，是林业官和猎户居住的寨子。如今保存下来的有上城区的宣抚司署、上城佛寺和中城区的中城佛寺。著名的孟连宣抚司署位于上城最高处。这个占地一万多平方米的宣抚司署，是清代云南土司衙署，也是云南十八座土司衙门中保存最完

孟连宣抚司署

好的一座。清康熙四十八年（1709），土司刀派洪贡象入京，受封宣抚司世职。乾隆二十九年（1764），朝廷将地处极边的孟连宣抚司定为"经制宣抚司"。光绪二十年（1894），改属镇边直隶厅（即今澜沧县）辖治，颁给"云南镇边直隶厅世袭孟连宣抚司印"。到了民国，始称澜沧县孟连宣抚司。从第一代土司罕罢法，到1949年末代土司刀派洪，二十八代土司相沿承袭。自明至清，刀氏土司在南垒河西岸金山东麓为世族构建规模宏大的"内城"，也就是现在的娜允。

坡道循着山势攀升，在上城区的高地上，宣抚司署的二叠小歇山式飞檐斗拱门堂一派庄严地矗立面前。13级石踏道旁是4株高大浓密的棕榈树，8根金色门柱在阳光下熠熠闪亮。进得门来，三檐歇山顶干栏式的议事厅呈现眼前，长23.2米，宽16.1米，高10.2米，面阔7间，进深5间。进入议事厅，登上二楼，这里是土司议事的地方，端立于屋子最前方一人多高的龛台就是土司的"宝座"。宝座两旁高竖旗帜和仪仗，其中两柄镶嵌宝石的金伞尤其引人注目。当年的刀氏土司，就是在这里召集傣族、拉祜族、佤族的头人们议事的。

穿过议事厅，到后花园，过小拱桥。这座一楼一底重檐硬山顶式建筑为刀氏土司及其夫人们的居室。左右厢房也是一楼一底硬山顶建筑，采用沿廊式对称，与正厅浑然一体。同议事厅相比，正厅华丽非凡，无数根金柱与檐下精雕细刻、繁复瑰丽的金色斗拱相互辉映，衬着褐红色的木楼，使得"金色王宫"称号名副其实。厢房的玻璃橱窗里，陈列着清代朝廷赏赐的青蓝色底绣蟒袍和黑色丝缎六品朝官朝服，还有印信、傣文典籍、土司家居用品等物，深具历史和艺术价值，为研究地方民族史提供了珍贵的文物史料。

孟连娜允宣抚司署，作为清代古建筑，被国务院批准列入第六批全国重点文物保护单位名单。一些古村寨的佛阁建筑，若是有"始建于某某年""重修于某某年"标识，那多半是受到了火灾损毁过，或是遭到兵燹，于原址重建。这当然有民间的力量，才有了对文化遗存的精心保护。宣抚司署需脱鞋入内，大殿墙壁画着艳丽的水粉画，记载的是傣族的历史传说。傣族刀家是贵姓望族，与时代风云紧密相连。土司是中国边疆的官职，元朝始置，用于封授给西北、西南地区的少数民族首领。土司制度改变了以前少数民族各自为政的涣散局面，封建王朝对少数民族地区进行了有效的控制，国家达到了空前的完整和统一。封建王朝对少数民族的大小首领，分别授予宣慰、宣抚、安抚、长官，或土府、土州、土县等官职，民族首领作为朝廷命吏，守土有责。与土司衙门的富丽堂皇形成对比的,是清静悠闲的佛寺。上城和中城的佛寺,屹立宣抚司署附近,是宗教气氛最为浓郁之地。一般情况下,傣寺都建在村寨里,佛离家近,时时参佛,时时诵经,时时净心。寺庙亦是聚会之场所。

宣抚司署与佛寺存于一个村寨子里,风水绝佳。娜允是建在"水边"的寨子,因此有了"根"的存在,它们伸出了一根根细细的须脉连接着县城,让这个县城跟着蓬荜生辉。一座桥,一边是古老村寨,一边是现代城市。这种格局在内地并不多见。我在娜允寨子游走,此时农人牧归、荷担行走,他们仍然生活在属于自己的传统里,从内到外散发着宁静美好。娜允是临水的故土,是寄托愁思之乡梓,亦是精神慰藉之所在。水是血缘,与祖先的生命紧密关联,与现世的生活紧密关联。人们在河边修建房屋和栈道。县文化界每年在这里举行大型活动,搞"神鱼节",欢度节日。家家全体出动,围绕着一条河,载歌载舞。

最具古朴之美的,是傣族吊脚屋。这些黑瓦木屋与茂盛树丛、三角梅映衬,入镜和谐。从屋下仰视被阳光镀亮的天空,有如透明的洞口。尤其是黑色屋宇,与周围的花草相衬映,显得古朴、典雅。南垒河边,几株榕树已结出果实。这个时节游客不少,农家乐宾馆和酒馆生意红火。

沿河的老街窄巷,似乎家家都在接待宾客。河边餐桌,有未收走的杯盏碗筷。南垒河四季有不同色泽:春夏水盛混浊,秋冬水少清澈。现在,距离十几米远我用肉眼就可以看见水里的黑色岩石。站在对岸看娜允,那些吊脚屋民居,檐角高翘,如漂泊的树叶。城里城外,来客多多。一些人家不大的门楣两侧,堆满了空啤酒瓶子。

南垒河发源于其北部的澜沧江。江水从森林绕出来,经过拉巴、景信至孟连,再流经腊垒、芒信口岸,然后进入缅甸的湄公河。地图上所标的河流,像一根毛细血管,疏通或连接大地的肉体。这段水脉,能在枯水期的冬季保持旺盛之态,已是福分。澜沧江是云南三大江之一,也是跨国之江,是孕育傣族文化的重要水脉。多年前,我在西双版纳澜沧江边漫游时,曾看见农人在干涸了的江边滩涂种植玉米、薯类和蔬菜。我问那位农人,若是江水涨起来怎么办?他告诉我,那是不可能的。上游的水坝很多,会把江水拦腰截住。加之部分江段挖沙淘沙,河床破坏,已然断流。往昔旺盛的江水下降到"让人放心"的位置,即便下暴雨,也不会上涨。即使过100年,也不会上涨。年轻汉子肯定地说。浩荡的江水与滩岸的庄稼,孰重孰轻?而能让人记住乡愁的,我想还应该是山和水。山和水变了,乡愁也就失去了它本来的色泽。小时候,父亲常说,大河涨水小河满。没有大河,哪来的小河呢?大河的现状,决定了小河的现实。与澜沧江相比,南垒河是小河。然而,正是这样的一条小河,却滋养着整个孟连大地。

南垒河临县城街道,完全现代城市化。高速公路,是城与村子的分割线。与县城一河之隔的娜允村寨,已然成为旅游者和都市小资们寻求浪漫的所在。

只是春节刚过,四处都还是喧哗过的模糊迹象。耸立村寨的几处佛塔,从黑色的木楼间探出。

夕阳西下,阳光火红,如一朵巨大的莲花,从河面挺拔而起,花瓣金光闪耀,覆盖了辽阔田野、山川和民居。大莲花之下,山峦宛如圣殿,伸展菩提之路。翅膀飞升,肉体匍匐。人的生命状态,应该就是天地的状态:胸怀纯净,飞升祥云;身缠缧绁,挣扎尘土。漫天明亮的阳光白云,遍地清隽的鸟语花香,满世界游走的忙碌的人。他们,是阳光和大地诞育的婴孩。

从南卡江到南垒河,从南垒河到南卡江,我侧耳倾听,一路水声浸润。身在河畔,身子生根,想象鲜嫩。我喜欢河水送来植物的浓郁气息。水是慈悲佛、劝世书。水是万物的宗教,是警世的真言。水,以人类看不见的海拔,培植精神的广度,育化灵魂的高度。

这条河流旁,每年都要举办一次"神鱼节"。

寨子的最高处,佛塔被阳光镀上熠熠色泽。这佛塔与天光,像天地神秘的手指。我感受到灵魂的颤动。

南垒河畔,来去匆匆的行人,蠕动在即将褪去的暮霞里。行走的人,影像低伏、缓慢,没有声音。即便是身背筐篓、赶鹅鸭回家的农人,亦是这般,像波涛间泅渡的鱼群。当我的目光从金质耀眼的光泽里收回时,一瞬间,他们又消失不见了。再往县城这边看,楼房与车辆,被棕榈树投下的长长暗影遮埋。逐渐暗淡了光线的河边,人们的生活似乎刚刚开始……

第七章：景迈山

1.探访古茶山

　　从孟连到糯福,再东去16公里到东勐宋,就进入景迈山万亩茶园了。这是条捷径,路况可能不好,但我要完成这个计划:到景迈看古茶树。景迈山,虽名曰茶山,但更多的是森林。景迈山是普洱地区少见的生态保存完好的山林。察看地图,是一大片没有空白和断裂带的绿植生态区域。从孟连到糯福的车,一天一班,下午4点发车。这让我踌躇。而且过了芒信之后道路变成村道,路况难测。若两三个人一起步行,我想可能会到达。问题是,我孤身一人,地貌复杂,又靠近边境,边检会有麻烦,遂打消步行的念头。

　　从孟连出发,买到开往西双版纳的车票。经澜沧县,中途到惠民镇,然后从惠民镇坐车到景迈。上午10点上车,下午3点到惠民镇,立即去车站窗口买开往芒景的中巴车票。无人值班,只有一个矮胖青年躺在停满摩托车大厅的沙发上睡觉。我以为他是售票员,大声招呼。青年闻声坐起,问到哪里,我说景迈山。青年说他不是卖票的,现在没有卖票的。青年复又躺下,懒洋洋地说现在只能坐过路车。我问景迈山住宿情况,他说高低档都有。看来是我吵到了他,青年干脆不睡了,坐起来,掏出手机为我联系住处。那边说一会儿开车来接。青年让我坐下等候。一会儿青年又接电话,那边告诉他因为有事不来了,青年让我到路边等班车。

若在内地,绝不会坐等一个素不相识的人联系私家车的。我感觉到了眼前这位青年的善意,背起包到路边等车。他像是有些惭愧,又告诉了我一遍,说春节长假刚过,走乡串寨的农人少了,班车自然减少,只有在路边等从澜沧来的客车。我先到路边小吃摊吃碗米线。小吃摊主人是位布朗族老奶奶,头戴一块黑色头帕,身穿深蓝色旁襟长袄,脚穿圆口布鞋。老奶奶手脚麻利,从一只硕大盆子里捞出泡好的米线,准确分份儿,放入桌上几只大碗里,然后再从烧开的锅里舀出汤汁浇入,再分别从几个不锈钢小碗里,捏一点儿葱花、辣椒、碎鸡肉和香菜末儿,撒入热腾腾的米线里,然后再端给坐那边方桌的几位农人。老奶奶说,从澜沧发车时间只有下午2点40分这趟了,到镇上一个小时。我庆幸还有最后一班。这很像我的人生历程,总是坐人生最后一班车,有时候最后一班车都难坐上。现在,又是最后一班车。惠民镇标注是"风情旅游小镇",我不敢逛小镇,只是原地等待,生怕错过最后一趟客车。

面前不时有开往景洪方向的大卡车和客车,少有到芒景或景迈的车。

时间到了,可是从澜沧到芒景的车没有准时到达。我有些不耐烦。老奶奶说,莫急,会有车来的。这时,有两个女人跟我一同在路边等车了,她们也去景迈山。一个女人问我去芒景是否联系了住处,我说没有,她说她可以帮忙联系。从澜沧开来的中巴来了,时间是4点10分。晚点一个半小时。我和那两个女人都坐了最后的座位。司机并不忙着开车,下车到街上买包烟,然后站在车下抽了一支烟。待烟抽完,才懒洋洋地打开车门,一屁股坐进驾驶室,开车。

进入景迈山不远,见三排新盖的傣式小楼,漂亮非凡。这是一个山中别墅群式的度假村,有露台和院子。从条件和环境来看,这里是惠民镇最好的。一些房子似乎有人住,阳台晾晒了衣服和鞋子,还有晾晒的蔬菜,等等。院子里有小孩玩耍,外面围墙边有修剪过的绿植。房子四周,草坪干净齐整,与刚才的混乱肮脏的镇街迥然不同。

过别墅群,进入茶山。沥青路被弹石路取代,有些颠簸。铺石头路,是为了环境保护,确保茶山无污染。与我一同坐车的女人是一个热心的人,她问我来茶山的目的,又问我是否有地方住,若是没有,就到她亲戚开的农家乐住宿。她说那个亲戚家,住宿100元一天,还可以领我看看茶山,如果想购茶,能给优惠价。若想拍照,她或者她亲戚都会帮我组织当地女孩儿穿上民族服装拍照。她说景迈山世代居住着布朗族人和傣族人,生态环境好,有许多摄影家来过,本省的、外省的,还有外国人,也是她帮助找当地的年轻女孩,让她们穿民族服装拍照。每人只需给50元,四到六个,都可以,时间1小时。节日过了,平常都穿汉服。

过景迈大寨,到芒景新寨。我下车,女人也下了车。她邀我去她家茶坊看看,我就跟着她走。这个女人的家,距下车地点不远,房子是钢架棚房,上下两层,300平方米。楼下住人,楼上晒茶。顶盖是硬塑圆棚玻璃房,房顶有一个硕大的金属材质螺旋状鼓风机。这种通风晒茶大棚,我第一次见到。景迈山茶农,很多家有这样晾晒茶的作坊。我打量晒茶场地,里面有许多装茶的纸箱。凉台有几只大簸箕,盛满青茶。还有压茶饼的机器,这就是一个配套的民间茶作坊,比从前的老作坊先进。靠近门口处,有一个楠木大茶台,放几只茶碗和用玻璃瓶盛装的散茶。女人要给我沏茶,我站着四处张望。她掏出手机给她的亲戚发信息。

女人说要用摩托车送我到她亲戚家,说完又从茶桌上拿一张名片塞给我。她叫而江先,布朗族。名片上写着经营各种生熟普洱古茶。而江先告诉我,若找不到住处,给她打电话。若是她没有活计,还可带我到她家古茶园走走。我离开她家,疾步走着。有土狗追着吠叫,但不靠近。我向坡下走,正疑惑哪里有农家乐时,角落一个写着"住宿"的木牌引起了我的注意。一个小孩子在门前写作业。我问孩子:"你家能住宿吗?"孩子向屋里喊了一声。她妈妈出来了,领我到后院看了房间,还算干净,一天100元。我懒得再找别处了。女人去拿新床单和被罩了。

到岩冷山,走到一个山坡下面,密匝匝的杂树淹没了一个大院子,是一个会馆。绿树围合,院子清幽;吊脚木楼,雕梁画栋。登上二楼,凭窗依栏,可望郁郁青山,可听浩浩林涛。树风阵阵,鸟鸣幽幽。经营这会馆的,定是富商巨贾。果然,一问价格,标间最低380元。想起惠民车站那个小胖子向我推荐村主任家要价400元,或如此处。小胖子说的村主任家酒店在凤凰树下。凤凰树是芒景的一个标志性的景点。

到岩冷山小卖部买了一盒方便面,挑来挑去,全是灰尘,手一摸,满手脏。店主人说是来回车辆卷进来的尘土,这里不让修柏油马路,只修石头路,没有灰尘不可能,把塑料薄膜撕了扔掉就干净了。回房间,用热水壶烧水吃泡面。女主人说,明天赶街,可以看一看。我喜欢乡村赶街,就说有赶街,多住一天。这女主人厚道。她问我后天几点走,一定要跟她说声,她打电话给客车司机,会来家门前按喇叭。她说如果想逛茶山,她老公可以陪我。

这家吊脚木楼正在加层,工人们蹲在房梁上挥舞小锤子,加固橡柱的榫卯,叮叮当当,敲打声不绝。我闲得无趣,到转廊处溜达。主人家大茶房和而江先家的茶房一样,足有100平方米,里面堆满了茶箱。门口有张用硕大木材剖成的茶台,上面堆放着茶和茶具,以及卖茶的宣传单。芒景村寨的原住民,依山吃山,靠茶生财,已然不同于别处。有的人家,铲平了山坡,扩大了宅院。如刚刚看到的那个会馆,幽静、豪华、气派,是既可接待客人又可自家享用的福地。

过去布朗族人每到一处不是盖房子,而是种茶树,只有能种茶的地方,才能建寨。按照祖制,神山的树、茶园的树,不能砍伐;菩提树、榕树、柏木、桂花树和红豆杉,也不能砍伐。如果需要砍伐,须征得头人同意,全寨子的人举行祭祀后,才能砍伐。现在不知是否遵循这个传统规则。总之有茶树的山地,绝不能动。古茶树,就是钱袋子。前些年普洱茶的行情大涨,景迈山古茶每年都被客商抢收一空。至于诸多假冒景迈山古茶,那又另当别论。一些人家在门口立了简易的广告牌,上面写销售普洱古树茶和螃蟹脚等。总之,这个景迈山芒景万亩古茶园闻名四海,收购古茶的商贾,每年络绎不绝。

有小孩子在玩滑车,三个孩子坐在窄小的滑车上,从高坡向下滑。大黄狗在一旁,滑车下滑得快,狗儿就跟着跑得快。这坡十几米,狗儿跑十几米,乐此不疲。我看得有趣,这样的玩法,只有乡村孩子才有。看了一会儿,我拖着三脚架向西边走。夕阳西下,余晖镀金。又站在街边,拍摄老房子。然后回返。晚上9点,店家停工,听不到敲梁钉椽的声音,后院清幽寂寥。陷入莫大孤独的我,打开昏暗的床灯,倚床看书。树的气息涌入,清香怡人,我蒙眬睡去。

2. 随清风游走

拉开窗帘,山绕轻雾。晨雾照晴天,一个晴朗的日子。8点上街,赶集的人不多,或者说是一个小型的农贸集市。再过半个时辰,骑摩托车和挑担儿的农人急急赶来。不宽的主街道开始喧闹起来:摆小吃摊的,卖蔬菜水果的,卖土特产的,卖农具的,卖衣服的,卖锅碗瓢盆的,卖旧货的,卖药材的,还有卖自酿的苞谷酒或糯米酒的。这些土锅自酿酒都是用矿泉水瓶盛装的,多半是家里喝不了,老人拿到集市上换点零花钱。穿布朗族服装的,多是老年妇人。

临近中午，摊贩少了，人也寥寥。感受到了清澈的阳光，禁不住想上山走走。出门向左，向茶山走。又一道山坡路。摩托车、手扶拖拉机及小型卡车多了起来，路上扬起厚厚灰尘。这个季节无雨，空气干燥。每有车过，我就停立路边，用衣服裹住相机，避免进灰。顺山坡，朝哎冷山走。循石阶山道，转过山顶，隔开了人间尘埃，听不到人声和鸡犬声。

山间清寂，阳光如水；植被葱郁，大树浓密。有些是土道，有些是石梯小道。前面是布朗族人祭拜之地——茶魂台。景迈山有祭"茶魂"的习俗。"茶魂"是茶祖哎冷的化身，在"茶魂"身上有着人和神的灵性，呼唤"茶魂"、祭拜"茶魂"，能够保佑人们幸福吉祥。茶魂台上摆放各种供品，点燃蜡烛，人们高举茶树枝，双手合十，虔诚地跪在祭台前，面对古老茶山顶礼膜拜。由寨老诵经，之后，人们围成一圈，族人们敲起欢快的象脚鼓，唱着歌，跳着舞，祭拜茶神。茶农先祭拜茶神，然后采摘茶魂树上的鲜叶。茶魂茶必须由家庭中的年长者来采摘，采摘前要斋戒、沐浴、更衣，然后跪拜在茶树下，献上茶和饭菜，点上蜡烛，开始诵经。诵经完毕方可进入茶林采茶。每年春天，家家户户把茶魂树鲜叶采摘下来，制成茶魂茶，供奉帕岩冷，祈盼风调雨顺，茶叶丰收。

阳坡的古茶树多,现在不是采茶季。茶树老叶子多,新芽萌了少许。大概再过些日子,很快会萌出大片新叶了,清明前即可采摘首批明前茶。芒景茶山不高,从阳坡到山顶,再到阴坡,一个小时即可到达。站在山顶,望东边,阳光照亮了云海,山谷雾气氤氲,草木泛香,有一两声鸟啼传来,盈盈飞动仙灵之气。大凡茶山,必是这样的气候。阴阳相生,干湿相融,才能濡润出醇美的好茶。独特的山地环境,纯粹的气候条件,让这里的古茶有着优秀品质。景迈大山的生态,完全是育茶护茶的结果。景迈山是云南六大茶山之一,古茶树多多。阴坡直通芒景下寨,阴坡的大树更为葳蕤,有的树倒伏枯竭,如耄耋老人。

村寨的屋宇,从山根处的树隙里露了出来。再下行,便见到竹编的篱门。山路指示牌在路边出现。到下寨,见身着筒裙的布朗族老奶奶从木楼里走进走出。我站在一个高坡,将镜头对准山下寨子,测光不错。遇有老汉腰背砍刀上山,问询,说这里是最早的芒景村寨。新寨是后来才建的,就是我住的那个寨子。在寨子里走走,见一对父子在盖新楼。儿子搬运空心砖,父亲用砍刀砍木板。地基已打好,还有一座新木楼,已在侧旁伫立。问多少钱盖这座楼。他说20万。地是他家老宅地基,一般情况是盖两到三层,最上面弄个茶房,也可做制茶坊。他见我拿相机,热情地让我到他家三楼拍村寨。我上楼,果然视线好,居高临下,看见老寨子里,有好多新房夹杂其中。原木色调从黑旧老房子中突显出来。有钱的家庭便架起了不锈钢框架的玻璃阳光房,也有阳光房与村楼混搭。茶闲时节,新老芒景寨子的人大兴土木。土石路两边的植物灰蒙蒙的,车子驶过,灰尘四起。手扶拖拉机、烧柴油的小卡车、摩托车等,从身边经过,留下呛鼻子的青烟。

芒景村寨仅有几家小馆子,这时节冷清寂寥,因为没有客人,都关门了。

这冷清山道比较适合我。沿下边土坡山道进入茶林,果然看见山谷山坡上有许多古茶树。有个汉子拿着摩托锯锯倒下的枯树。摩托车停在山道边,机油漏了一地。那汉子长得粗大,满脸污浊。我走近他时,他停了下来,看了看我手里的相机,想说什么,又低头干起活来。我站在路边看他干活,他说了句什么我没听懂。走远了,身后又传来了摩托锯的哒哒声。

进入古茶林,只见每株古茶树,都有一个竹皮子编的祭碗插杆,这是祭祀茶神用的置放祭物的器具,还有一个用木桩子削成的尖状图腾。循小山道走,我发现茶林里的樟树较多。栽种樟树,是为了驱虫。樟树的气味,可以阻挡虫蛾进入茶林,既环保,又不影响茶树生长,这是千百年来茶农总结出的经验。再行一段,森林蓊郁。树梢之上，有彩翼小鸟扑棱棱蹿飞，阳光下闪着好看的羽毛。这个时节，嫩绿将吐。还有一些树的叶子，闪着赭红光或褐光。浅草丛丛，泥土鲜润。茶林里时不时出现高大的树，这些"大个子"树，有如部落首领，卓尔不群，威风凛凛，气宇轩昂。走得累了，我在一棵古茶树下休息片刻，又听到对面山坡密林里传来砍刀砍毛竹的嘭嘭啪啪声。林深树密，不见人影。惊起的群鸟向这边飞来，把树梢上细小的叶子撞出了响声。起身再走，绕道远山。太阳大亮，照得山峦上的树木光鲜无比。我身上走得热了，却内心凉爽。因为茶树的香无处不在，每时每刻都浸透了我的心肺。一种比梦境更深邃的美妙，沿着眼睛、耳膜，进入肺叶、心脏、脾胃，漫进血液，充溢全身。我，不止我自己，这里的一切皆受福泽。大自然和人，在茶香深处活着，如久传的梦想，一代代递增着它醇厚的香味。

阳光把山岭照得明亮，鸟儿把茶林唱得辽阔。

除了鸟儿鸣唱，再无其他声音。整座山只有我一个人在走着，时而山谷，时而山脊，时而山坡。我走进了大树下，像一头小兽。要是有一道小溪在身边流淌就好了。忽见前面有人用大树枝拦住了山路，大概是封山季节，不准外人进入。索性折转，沿原路走，找个幽静的地方坐下歇歇。在山林里坐下来听听山雀子鸣唱，这是一件多么幸福和奢侈的事啊。回到公主岭,又见路标指示牌,上面标有"蜂神树"字样。按图标走了千米,问路过的茶农,告诉我:前面不远处有下坡小路,顺小路下,可到山谷,可见神树。走了10分钟,沿坡下到小路,就看见了这株隐藏在山谷里的50余米高的大榕树。"蜂神树"冠如伞盖,枝丫张开如翼,撑起天空。细看枝丫之上,密密麻麻悬垂着蜂巢,有如壮男凸起的肌腱。侧耳倾听,因树太高,无法听见蜂鸣。那些悬垂着的蜂巢在风里晃动,令人不由得担心它们随时会跌落下来。景迈山傣族人和布朗族人将这株大榕树视为神灵之树。大榕树下有一标牌,上书"树高50米,树冠径为30米"。"蜂神树"被保护得很好,这是村民自发保护的,也让一树蜂巢的自然景观得以保存。这一带山区的山林,大概还会有类似的蜜蜂聚集的大树。这株大树,大概有六七十个蜂巢。蜂巢是上等补品,也是市场上的价格不菲的生物黄金。但这里的蜂巢完好,无人采摘,令人欣慰。我恍若看见那些小小的骑士,在天空之上搬运花粉的情景。

树上的蜂巢

"蜂神树"是景迈山的神树。蜜蜂的寓意是甜蜜的生活。芒景的上寨村景颇族和傣族已将这株"蜂神树"视为祖先的赐予而倍加珍惜,因为这些"家族"式的蜜蜂能在一株榕树上出现,确实不易。除了祭拜"茶魂"外,他们每年还要在树下祭拜蜂神。为了保护这株奇异的大树,他们绝不允许在它的周围随便烧火、堆积垃圾和排放污水等。"蜂神树"一年四季都有蜜蜂飞进飞出,整个树冠,被一群嗡嗡鸣唱的蜜蜂围绕。最佳的观树时间是每年的3月,山坡上的茶树花儿盛开时。那时那些蜜蜂遮天盖地,如同宇宙中飞速转动的星辰所形成的迷人的旋涡。我在树下,试图数清楚这些蜂巢的数量,仰得脖颈酸麻,也不能够数清楚。

再到哎冷寺。

哎冷寺是纪念布朗族人先祖帕哎冷的寺院。古歌记载:先祖帕哎冷率领人们来到布朗山,带领部族栽种茶树,将山岭变成了望不到边的大茶园。帕哎冷年老时,担心后辈们不能善待茶树,特地将"遗训"写入经书中——我要给你们留下牛马,怕遭灾害死光;我要给你们留下金银财宝,你们也会吃光用完。就给你们留下茶树吧,让子孙后代取之不尽、用之不竭,你们要像爱护眼睛那样爱护茶树。虽是传说,却不无生活哲理。授人以鱼,不如授人以渔。这是盛载茶文化的最佳的杯盏。深远、绵长、精妙,是地理的,更是心理的；是茶山的，更是精神高地的。贤圣在此，焉能不美？

从哎冷寺旁循山坡到一个拐弯处，突然，从草丛中冲出来两只四眼大黑。我知道这种黑狗凶恶，若是招惹了，会疯狂攻击人。我沉住气息，带着善意，吹起了柔和的口哨。果然，两只黑狗在距我不到 10 米的地方停住了脚步，然后像是配合默契，鼻子和鼻子相互对碰了一下，仿佛在告诉对方来的是一位善良的人。带头的那只走过来嗅嗅我的腿，然后抬头看我，这是友好的表示。我分明看见它的尾巴画着圈儿慢慢摇摆。我抚摸它的头，顺着后脑向后脖颈抚摸，然后是背部。爱抚起到了沟通作用，它回身一点头，招呼伴儿，两只狗儿并排着跑远了。

一根硕大的染漆横杆拦住了去路。横杆标牌上有这样的字："茶楼文化基地，进门请交 10 元钱。"窥视山坡之上，有很大一块平地院落，几间新吊脚木楼伫立。视线被房子阻挡，我感慨芒景茶山上寨和下寨，不能再添加新的房子了！越来越拥挤，越来越多的山坡被占据。山地萎缩，已经是山区农业的常态。那年在西双版纳易武古茶山，就曾见有广东的商人买下了古村老宅，推倒老宅，刨开墙基，重新扩建了庭院楼阁，一是可以休养身体，二是做茶叶生意，一举两得。与此相似，商贾的进入，让景迈山的茶业活跃起来，由此带动了经济发展，但更大的坏处也是不可逆转的——剥夺了本地性,带来了负面影响。

明天要去景迈大寨了,下午打听到客车时间,是早晨8点整,站点就在这个农家乐外面的马路边。我跟店主人说了明天一早走。女店主说,你放心睡觉吧,明天一早,我来喊你。

3. 内心安静,灵魂安顿

芒景村寨的夜晚,山谷雾气浓重。这些雾气凝聚在树叶上,形成了水珠,微风轻吹,簌簌滴落。多少年没有听到露珠滴落的声响了。早晨5点,天空尚未放亮,一切尽在模糊中。我醒来,再也无法睡着。这山林深处实在太寂静,寂静得有些可怕,寂静得连农家吊脚木屋屋檐下滴水的嗒嗒声音都听得真切。我在一种期盼中,被这点滴声响触动,突然有了老人般的感怀。那种声音穿过木板窗,传进屋子,像弗吉尼亚·伍尔芙《海浪》中的诗意——寂静正在滴落。

外面依然黑暗。白天的一切杂音消失,取而代之的是辽阔山林里山雀、雉鸡轻啼和细微雾水撞出的声音。也许,唯有寂静,才属于真正的景迈大山。静和净,是它的本真。

我为自己准备早餐。用热水壶热了一罐八宝粥,两枚鸡蛋,一袋榨菜。吃罢之后,胃暖和起来。收拾好背囊,时间尚早,躺床上看

景迈山人家

书。7点半左右,女主人来敲门。我背着行囊,到路口等车。山里没有汽车站指示牌,交叉路口就是站牌标识。等车的人不多,只有一对年轻小夫妻,男的精瘦,女的微胖,还背着孩子。还有半小时车才能来,我与那个男的聊起来。他说他是普洱江城一个边境山村的,那里的生态环境更好。我说我去过江城县边境不少村寨。一些村寨还与邻国的越南或老挝通婚。他说他哥哥就是娶了个老挝女孩,现住龙富,平时在老挝边境地区做些小商品买卖,日子过得还算不错。边境龙富我去过两次,是一个口岸。所谓口岸,是中、越、老三国边贸之地,商业区是些用尼龙布搭成的小摊点儿,卖小食品的居多。

8点整,客车来了,我和那对夫妻上车。车子晃晃悠悠,一路盘山绕梁,犹如一只小舟漂泊在深黛色的大海上。行一阵,天光大亮。我临窗而坐,将相机伸出窗外,拍下远近覆盖山林的层层白云。汽车晃得厉害,转山绕壑,不能平稳拍照。我用高速摄影,仍不能满意。真想下车拍照,那云经过了,就换了别的模样。但这车一天只有两班,错过这班,只能下午走了。旅行计划让我放弃了下车的想法。芒景村寨与景迈村寨相距不远,大概10公里,一路都是古茶园,十分气派。这景迈山有1800多年的古茶树,茶树是经过布朗族和傣族先民驯化、栽培所成,有被称为"茶树自然博物馆"和"古茶活化石"的经典山茶林。若多住几天,或许能走遍。只可惜,这一路的古茶园,我未能深入去看看。

山路弯折太多,跑了将近一个小时,到景迈时已近9点。景迈寨子路口,下车见到的,是一排由木栅围成的街路。木栅尽处,是景迈标志性的古寺院。蓦然一见,心生喜悦。晨光初萌,阳光从东边山峦垭口倾泻而来,将金光熠熠的色泽渗进了寺院的外墙、瓦檐、托钵观音、菩提树和寺塔尖顶。这个寺院在村子入口处,并与周围朴素的木屋民居、泥土路、树木构成了一个立体画面。我放下沉重的背囊,来到菩提树下。寺院里有位老人正在扫除。他慢慢扫着院子里的树叶,将树叶倒入外面一个小垃圾箱里,然后转回寺院,将两扇门打开。这位老人,可能是寺院管理者。墙外有小狗跑过。这座寺院在村寨里,一般寺院都处于山林中。我靠在寺外的矮墙下休息。

路口悄然出现了一群人,他们站在那里好像在整理队形,然后奏乐。先是一阵鼓锣,还夹杂象脚鼓声,咚咚锵锵咚咚锵。然后吹起土唢呐。待锣鼓、唢呐偃息,我问一位老汉这是在做什么。老汉说,村里一户人家的老人过世了,众亲到寺院搞个祷告仪式,为逝者做做功德。

这是傣族人或布朗族人的传统,也是习俗。仪式结束了,即可安葬。

前面几个,举着缟素和白幡,胸前戴着白花。这个景迈大寨,傣族人和布朗族人信奉的是南传上座部佛教,红白喜事都是按宗教仪式来做的。人们踏着晨光,前来寺院做佛事,每人手里都拿着小蜡烛。年轻人抱着水果、馒头、装粮食的筐篓、酒菜等。进入寺院,不足100平方米的空地瞬间坐满了人。我隔墙向里面张望,见人们腰扎白绸,盘膝而坐,点燃香火和蜡烛,由住持领着,开始祷唱。经声真切,高低起伏,有如控制得当的歌唱。事实上,声音是很大的,我在寺外,所以听的声音小。住持是一位清瘦的老年人,声腔气息厚重,略带几分苍老,嗓音将高音阶送出来,落在了低音阶上。抑扬平直,携着晨光,沾着清露,那声腔把周围的空气凝住了,贴在了寺墙上。这祈祷,是生者对死者灵魂的慰藉。

超度亡灵,抚慰魂魄。阳光如大水悄悄涨起,瞬间溢满了,从内向外倾出。我被这种灵魂安顿的祷唱声震撼。灵境里的梦想,穿过了清澈的天空,在寨子四周,一点一点沉浮、游动。我醉了,此般场景。我不敢贸然进入,怕扰了法事,只站在矮墙外观看。

太阳很高了,身子被太阳晒得热乎乎的,有汗沁出。

景迈山早晚温差大,太阳一出来,就开始热,雾气也会很快散尽。我到这里的时间正好,山雾还未散尽,于是抓紧时间拍照。慢慢向寨子里走,边走边留心客栈。而四周的木栈阁楼民居,清一色的瓦檐,鳞次栉比,一屋挨一屋。有的屋瓦上还生有一坨坨石斛,大概是栽种上去的。我不知哪里有住宿的地方,沿外围环路走到了尽处,已经见到梯田了,仍未找到客栈。我向路边一位妇女打听,她指指下方小巷,告诉我从此处进入就能找到客栈。随后她又伸出两根手指,我明白只有两家住处。我到第一家宾馆,进去问,价格是200元。从宾馆出来,到另一个客栈,女主人告诉我60元一间。我问能否再便宜点儿,50元,女主人同意了。

放下背囊,开始在村子里转悠,寨子里的一些细节,都与佛教有关：树下搭成的小小焚香台，房屋墙根正在燃烧的蜡烛和香火，贴在角落里的用红纸写的佛语或画符，塔尖顶的幡旗。景迈山是神佛之地。寨子里的佛事，为人祈福；山里的佛事，为茶叶的丰收祈福。比如前几天，我在茶林里行走，居然在茶林深处发现了许多高大的乔木。这些乔木间，竖起了许多用以悬挂神祇的木桩，还有焚香的佛龛。一些古茶树下，还立有供奉茶神的用竹子编成的供品座碗，等等。

　　人们对神灵的敬奉，亦是对自然和自己的敬奉。转回客栈，见客栈主人家外墙下挂了一排小葫芦，已经干透。阳光裹着微风吹拂，小葫芦摇晃，相互碰撞，发出轻细的声响，有如溪流漫过卵石的汩汩声。这户人家主人叫夏依勐，是童蕾希望小学的教师。前几天我在芒景路过了这所小学——依在山坡平坝上。夏依勐家的客栈是小三层楼，我住二楼，上楼梯时，看见墙上挂了不少夏依勐与童蕾的合照，还有和国内名人的合照。童蕾是一位影视演员，她扮演《亮剑》中李云龙的妻子，很有魅力。童蕾在景迈山认养了一棵古茶树，捐资建了一所希望小学。想不到这个小小村寨，也有爱心人士资助，而且还是女士。在景迈，女人是顶天立地的好汉，童蕾让我对女人肃然起敬。

　　景迈山，历史上曾是令元朝大军铩羽而归的"八百媳妇国"

寨子里的女人

的故地。有学者考证，13世纪到18世纪有一个名为"百万稻田之国"的王国，我国史书称其为"八百媳妇国"。这个故事，从另一角度佐证了景迈山的女人们的勇敢、顽强和不可欺侮。景迈山还是抗战的战场。20世纪40年代，日本侵华时，也曾试图进入澜沧，但最后狼狈撤离。让这些武器精良的日军惧怕的，不是中国军人，而是一群手无寸铁、衣不蔽体的山民。他们躲在大树后，藏在草丛里，设陷阱，射毒箭，埋竹刺，挂套索，令日军闻风丧胆。村民用猎杀虎狼的办法对付外来入侵者，守住了自己的家园。

　　崎岖的岁月，峥嵘的历史。时光的浪涛翻来卷去，已将记忆冲荡得干干净净。我在景迈大山中行走，全然看不见往昔的印迹，所见到的，是大山居民宁静、祥和与恬然的生活。

4. 佛道和茶道，民间话语权

下午，在夏依勐女人的带领下，我去了糯干古寨，参观了"升佛爷"仪式。我还是想看看寨子西边山坡上的那一大片古茶树。

我顾不上休息，匆匆忙忙往西边山坡方向走。路过一户有着三层小楼的人家时，站在门口的一个傣族汉子叫住了我。他像老熟人一样跟我握手，笑哈哈地邀请我到他家喝茶。我诧异，但看他的红脸和呼出的酒气，知道他喝了酒，是善意的邀请。我跟着他进了他家小院子。院子里有三轮小机车、背篓、犁锄、镰刀、斧子、锛子等，阳台有晒茶的竹箩，鸡鸭小狗儿欢跑着，脚下禽粪成堆。进屋落座，他给我沏了大叶普洱，让我品尝纯正的古茶。

糯干古寨

他说刚刚在糯干古寨见到了我,还和我喝了杯酒,感觉我就是他们村子里的人。我大笑,诙谐地说,是啊是啊。这个农人面善,他的年龄跟我差不多大,却是有孙儿孙女的爷爷辈儿的人了。他给我讲他的"茶经",让我帮他规划一下新盖的三层小楼。聊了会儿,我要去西坡看古茶树,他说如我不走,就来他家和他喝茶聊天,也可以住在他家。我说已住夏依勐家。他说住他家不花钱,房间多随便住。这季节不采茶、不下地,独守在家,闷得慌。

分别后,我出门向西,经过砍依茶庄,主人岩砍依招呼我一声,邀我喝两杯茶再走。我坐下,他跟刚才那位中年男人不太一样,年轻,面容清秀,穿立领服装。我见他的名片后面写了两句话:识古不穷,食古不富。岩砍依说他家不但有古茶,还有螃蟹脚。怕我不清楚,岩砍依给我讲解,这螃蟹脚是古时布朗族人给茶起的一个形象的名字,形状像螃蟹爪,又似蚱蜢脚。

《本草纲目》记载:"形如蚱蜢脚者佳。"完整的螃蟹脚,像螃蟹的几条细腿,卷曲伸展,细分出若干节,似扁秆灯芯草,长三四寸,节短中实。陈年螃蟹脚色泽深黄,新品色泽青绿,闻之有浓烈的菌藻味和茶香味。螃蟹脚寄生在古茶林老茶树枝丫间,吸附古茶树的灵气。

《云南茶典》称其有清热解毒、健胃消食、清胆利尿、降低血压之功效。因螃蟹脚有药用价值和保健功能，故它被誉为"茶茸"。螃蟹脚（茶茸）整合茶的品质，茶味纯净，饱满醇厚，绵柔甘甜。泡杯普洱，放几节螃蟹脚，薄味变圆润，一杯入口，齿颊生津，持续数小时，挥之不去。其间，无论吸烟、喝酒、进食，舌根的茶味依然留存，特别是舌根与咽喉处，津液充盈，咽喉温润，不干咳、不发呕，功效神奇。螃蟹脚，市场上的货，零星散乱，品质不一。按民间说法，古茶树长到一定的年龄，就会越长越矮。古茶树为单株乔木型，与高大常绿阔叶林交错生长。树龄大的茶树，会有螃蟹脚寄生。

《布朗族志》和景迈佛寺木塔石碑的傣文记载，这片生长在原始森林的古茶园，可追溯到佛历七一三年（公元180年），迄今已有1800多年的历史。在布朗族人眼中，茶叶既是饮品，又是唯一的药品，能助人消除疾病，健体强身。他们四处寻找这种"救命神树"，每找到一棵，就用野藤条捆起来做记号。

螃蟹脚是佛祖圣灵赐给景迈茶山的大仁大德的神茶。岩砍依说，先前山里人并不知道它的妙处，或许是祖先在一次采茶中，无意间将茶叶和螃蟹脚混到了一起，冲泡呷饮，突然发现这茶迥异于平常之味，于是就注意到了这种神赐之物，单独择出，以山泉水冲泡啜饮，感觉身轻如云，飘然如风，精神为之疏瀹，遂意识到此物乃是茗中珍品。

纯净的自然，即为神灵。它无处不在，化成了动物形态，化成了植物形态，为的是引起人们的注意。当药石罔效时，或许这个并不为人所知的天生尤物，却是救命的仙草。

云南的普洱茶主产地，仅有一个地方能集中采摘，品质最佳，就是景迈山。这里保留着占地 2.8 万亩，世界上最大最古老的茶园。茶园海拔 1400 余米，分布在高大常绿阔叶林交错的森林中，常年云雾缭绕，生态环境优越，无任何污染，空气、湿度、土壤、日照等自然条件优越，岩砍依不无自豪地说。我感叹民间茶文化，已经精致到了如此地步，也深信这茶山深处有陆羽般的茶人。岩砍依说景迈古茶树的螃蟹脚是高端养生茶，市价高达 5000 元 1 公斤，他卖 3800 元 1 公斤。岩砍依边说边拿出螃蟹脚，教我如何甄别真假。

这螃蟹脚真的和螃蟹的脚爪无异，我不禁感叹造物的神奇。岩砍依听说我要到西坡山看古茶树，建议我顺一条羊肠山道走 200 米，就能看到景迈山最大的古茶树。这棵古茶树有 200 年历史，上过中央电视台新闻和报纸。我按他指的方向走，去西坡看古茶树，果然那里的古茶树很多，只是坡陡石头多，野草和苔藓湿滑，很难立足。我只能以独脚架支撑，才不致跌倒。在坡下拍了些照片后，我躺坡上休息了一会儿便返回。

夜晚的景迈山，雾气湿重。山谷沟壑，水声淙淙。

凌晨醒来，再也难眠。这一层七八个房间，昨晚只我一个人住。我起身俯视窗下的沟谷，黑黝黝一片大芭蕉遮住了下面，好像深沉海浪，静静涌动。夜里在长长的走廊上踱步，看窗外繁星闪闪，好像水声把星星浮悬起来似的，让我有梦幻般的天涯漂泊感。空气凉凉，植物的气息浓重。有鸟翅滑翔声掠过，像夜游的仙者。回屋，披衣坐床上，望着窗外，良久，似睡非睡。

外面的天，渐渐亮了。出门到寺院门口等车，那里聚集了几个人，都是寨子里的人。有的是附近村寨里的人要到镇里，由家里的小蹦车送来的，从车上跳下来放下行李后小蹦车就开走了。我问一个中年男人汽车几点来，他说正点到达。他给我递烟，我不吸烟，向他致谢。

他和我攀谈。他说，傣族人和布朗族人都善良好客，若遇有人结婚，他们会热情邀你喝酒，村寨里的人都会邀你到家里做客。一直到夜间，通宵达旦。傣族人宗教意识浓厚，有达观的生死态度。如果老人去世了，当天超度亡灵后把遗体抬到林里埋葬，头朝东，脚朝西，用白布裹后用木板或竹笆出殡。安葬地选同一个地方，挖坑架木，将遗体置放在木堆上火化后直接安葬。再有老人去世，也在此地"掷蛋"选址。将鸡蛋向天上抛,在哪个地方摔碎了,就在哪个地方挖坑架火。这是多少年来祖辈传承的达观的生死理念。

傣族人或布朗族人认为,人的生死,天注定,没有什么大不了的。他们相信轮回转世,死亡不过是到另一个地方走一趟而已。人死了,灵魂升天了,转世了,肉体只是一块泥巴,不能牵累活人。山里人的理念是:不给子孙添负担,不占生者土地。葬后不修墓,不立碑,后人也不扫墓。每年的节日,众亲只是到佛寺赕佛,念《滴水经》,把祭物献给亡灵。多少辈,都是这样。其实这样已经够了。这种对死亡的态度,再达观不过。它的好处是:不侵占土地。他们不在意安葬的排场有多大,而在意死亡本身。这种生命理念,早已渗透到他们过去和现在的生活中了。达观看生死、看现世、看来世。多少年了,芒景和景迈的山地面积没有改变,少有的耕地面积也没有改变。家族的丧葬风水,就是这生态的大山。傣族和布朗族把节日看作敬佛的日子。每到节日,山寨的居民,倾家出动,赕佛、跳舞、诵经、以食物、鲜花、蜡烛、钱币敬献佛祖。不单单是节日,他们平时也是敬畏神佛,认为一个人只有内心有神灵,生时有善念、做善事,死后的灵魂才会安然转世……

我想起那天在大寺外遇到为去世老人做佛事的场景。佛事完后,即去安葬,没有停留。我问男子老人去世后安葬之地在哪里,男子用手一指莽莽苍苍的深山。我环视一周,见青山郁郁,丛林漫漫,瞬间明白了生命的去处:人的祖先来自山林,那里才是灵魂归返的家。

　　自然风景与人的道德有关,它的迷人之处,在于弥漫其间的道德感,它是价值体系与行为规范的结合。而衡量一个地区的道德水准,要看那里的人们对待自然的态度。一些并不贫瘠甚至在过去是沃腴之地的地方,如今却是寸草不生,没有树木,没有花香,这样的地方,定然是道德滑坡、人心尽失之地。自然生态,是鉴照人性善恶的一面镜子。自然山水的残破,映现的是人性之不堪。自然的伦理道德,亦是人的伦理道德,两者是相联系的。如此,从自然到人伦,与利奥波德的生态伦理观点有着不谋而合之处。我们的古哲也是从自然之道中悟出许多"人"的道德。无论是老子、庄子的道家哲学,还是孔子、孟子的儒家哲学,都是如此。自然之道与人的秩序、平静的精神和敬天法祖之信仰有着相当大的关联。人的本质,其实是与万物的生命本质相契合的。

　　客车到了,是从芒景那边开来的,我前天坐的那班。我最后一个上车。司机说人多了一个,他朝我摆了摆手,示意我下去。我说,我路途遥远,要到惠民镇,还要去西双版纳。他说那你也得下去。

我解释,我确实是最后一个上来的,我礼让着大家,让大家先上,我后上的,其实我早就在这里等车了。这样一说,司机不但没生气,还笑了。司机想了想,大声问,谁去的地方近?言下之意,谁去的地方近谁下去坐下一班。这时一位背着小孩的妇女说她不急的,就下车了。

　　车子开动了。我却惭愧起来,对那女子有说不出的满心歉意。

　　一路山峦连绵、云遮雾罩;一路晨光裹卷浓重的雾气,扑打车窗。

第八章：布朗山

1.布朗族人

去布朗山之前，我一个人去了孟连最南端中缅边境的勐阿口岸、勐马镇的芒蚌村寨、北部边境富岩乡的大曼糯、芒信镇的芒信村寨以及娜允古村等。然后转车东去，到景迈山，游走芒景和景迈、糯干古寨。虽说孤单，却有乐趣。因此体会到了独行的好处，既不受同伴的影响，也不受时间的限制，可以自由自在随心所欲地游走。

这些地方，给我带来了意想不到的惊喜。比如，我在勐马镇芒蚌村看见田野里有东方白鹳，这是一种摄鸟者到处寻找也难以找到的珍稀鸟儿，却在边地傣族村寨与人和睦相处。在大曼糯见识了一株巨榕，这株巨榕可比多年前我在高黎贡山铜壁关见到的占地8亩的拉扎大榕树还要大。还有景迈山糯干古寨民间活动"升佛爷"，让我得知佛界也有等级评定。可以说，我在边境的际遇，极富偶然性。在那里无论是古老建筑,还是弥漫其间的风情,少有大众化的粉饰。

多天以前,我独自从普洱江城县出发,辗转上述村寨,带着疲惫,从景迈山来到了勐海。在勐海住了两晚休息调整。最后一晚,老友钟建光和他读大学的女儿突然出现——这父女俩灰头土脸、风尘仆仆,活像逃难了多天的人。他们是在夜晚到达的,从布朗山那边来的。见我诧异,这个走南闯北、行事干练的军官诡谲一笑,并不解释。

云南和广西,或者说整个中国的边境地区,几乎全是少数民族。布朗山是有名的生态古茶山,也是我一直想去看看的边境村镇。

钟说他们的所有行囊,存放在布朗族人开的一家客栈。这让我匪夷所思:这父女俩,因何这么晚了从布朗山出来,远远跑到勐海?他的讲述,着实让我吃惊不小。原来他与女儿到了布朗山住了一晚,第二天要看百丈崖瀑布和曼囡村寨,客栈老板骑摩托车带着这父女俩,千辛万苦到山里,看到那个瀑布。返程途中却因路况不好被阻,到了一个不知名的山谷。摩托车车主说是到了山的另一边,得再转回布朗山。钟的女儿突然想离开布朗山。这父女俩就在路边等车,好不容易截住了一辆卡车,好心的司机将他们带到了勐海。这一路颠簸,吃尽了苦头。钟得知我在勐海,和我联系,并准确地找到了我的位置——我只说了宾馆名称,这位素质高的军官没费周折就找到了。我帮他们订了房间,让父女俩赶紧吃晚餐。钟说次日要返回布朗山取行囊。这让我有些喜悦,可以和他一起到布朗山看看。他说去客栈取了行李,然后就赶回,不能陪我。这也不错,起码这次进山有可以聊天说话的伴儿了。

勐海开往布朗山的班车有两趟,90多公里路,其中盘山道就有70多公里,4个小时到达。原来的这条路一天只有一趟班车,90多公里路要5个小时。次日一早,我和钟坐上了第一班上午9时

牧牛老人

的车。

从勐海县到勐混镇，再到曼纳、曼果、弄养等村寨。车子一下子钻进大山，路随山绕，险峻弯曲。最初一段路是柏油路，路两边的山体被大面积挖开，很像一只硕大的被啃吃的烂瓜残果。山谷里，河床裸露，水流不畅。再往深处行进，走过了一段弯曲的山路后，路变得更烂，但植被逐渐茂密起来，山险水急，林深草茂。虽说路况不好，老司机却把这庞然大物玩得像一只陀螺，轮子飞旋，速度飞快，让人惊悚。一路还不时出现骠勇的摩托骑手与大客车并行或者超车。这些摩托车，一蹦老高。有的是单人或两人骑乘，有的是一家三口。还有开小拖斗车的，嘟嘟响，飞快地蹿到大客车前面，连转弯都旋得快速，看得我心里直担心，生怕这些个小车滑倒，大客车撞了他们。这些轻骑，比我坐这摇摇晃晃的大客车有意思多了。他们弹跳腾跃，忽高忽低，灵活行驶，熟练地从高大的森林投下的树影中钻过，像敦实的海豚，快速冲过翻涌的浪涛。不像这大如鲸鱼的大客车，左旋右盘，横冲直撞，一路蹀躞。

我担心这盘山路不够宽，随时会将大客车甩进深山峡谷。

钟很疲劳，不想与我聊天，上车就闭目养神，车行不久，竟呼呼大睡起来。我坐第一排，视野很好。布朗族民居，骑摩托车的农人，路边伏卧的水牛，奔跑的鸡鸭和土狗，村寨路口的牌楼，佛塔佛寺、梯田、茶山、甘蔗林、蕨类植物、高大的树木、浓密的山林……一一掠过。每一片厚厚的叶子下的山岩，都是小兽的床。每一处枝丫掩映的阴凉处，都是小鸟栖息的乐园。

愈往纵深进，愈能见到原象村寨。布朗族人在大山里生存了千年，受傣族文化影响，村寨与傣族村寨并无二致。民居、服饰、信仰、饮食等都与傣族相差无几。每个寨子的最高点都有一座寺庙，高于民居，造型玲珑精致，金光闪耀，兀立于黑色的民居中，远远就能看见，与傣族的佛寺没有区别。每个寨子也都有"寨心"，寨心与村路通连，那是神居之地。四周有神龛和石台木柱标识。这个季节无风少雨，路边的树上挂着尘土。多年前山路难走，现在修了路，但仍坑坑洼洼。有时车过一段石头多的路口，便有大量尘土涌进车内。

午后到达布朗山乡所在地新曼峨，司机将车停在米娜客栈门前，一进门就拿起放在地上的水烟筒吸起来。只有老熟人才如此。钟住在米娜客栈二楼。这是一个有着两层长廊式带露台的马路边的农家客栈，还算干净，楼下一层有卷帘铁门。钟到房间收拾行囊，背着下楼，放在了刚刚坐的这辆大客车上，准备下午再坐这车返回勐海。

我察看地图，发现布朗山距离勐龙镇很近，大约50公里。从布朗山到班南坎走南阿河，再过曼栋，就到了勐龙。路况可能不好，却有好景致能放飞自由的心灵。要是有辆摩托车就好了，会很刺激。其实这样的山路，步行最是理想。用两到三天时间，就一定能到达大勐龙。

只能寄望乘车了。问客栈老板，是否有车前往。答无车可去，若是去只能租摩托车。在一旁的老板娘说帮忙问问。很快就问到了一个车主，开价300元。我和钟去隔壁饭馆吃饭。没过多久，老板娘到饭馆，对我说车主喝了酒，不想去了。我不明就里，要求老板娘再给我找一个能去的，我下午到勐龙。钟向我递个眼色，我旋即明白，这是老板娘不愿意给找人，不想放走一个住客。离下午班车发车时间还早，我和钟就慢慢用餐、聊天。事实上，钟也很想到大勐龙去一趟。他小时候曾看过王心刚主演的电影《勐垅沙》，就是反映这一地区的。我也看过这部电影，时间久远得只隐约记得一些支离破碎的镜头。这条路线应该有看头，现在却不能成行。明天又能否去得成？布朗山我肯定要住一晚了，下午时间足够让我游历布朗山寨。明天是返回勐海，还是直奔大勐龙，到时再说。

吃完饭回到米娜客栈，见司机正与米娜客栈的老板吃饭。常跑这条线路的老司机在布朗山有很好的人缘。一路经过几个村寨，都有人站在路口招手，他有时将车停下，从车上甩下麻袋或搬下几个纸箱,都是给村民捎带的物品。还有摩托车轮胎、配件、生活用品等杂物。纸箱装的是水果,麻袋装的是干米线,很轻。难怪一路上麻袋在脚下滚来滚去。有的村民接到货物后,付给老司机五元十元不等。尽管每个村寨都有东西可接,却丝毫不耽误时间。

我向老板要了杯水喝,也给钟的水杯灌满。司机吃罢饭,上楼休息去了。钟和老板结账:住宿50元,另给的100元,是老板租摩托车到曼因村寨和看瀑布的费用。空宿那天,老板没算。结账后,钟和我坐在楼下客厅与老板聊天。老板建议我到附近山里看看,他可以骑摩托车带我去。这时候,我却不想再爬山了,只想看看布朗山的新老曼峨村寨。

时间到了,老司机从楼上下来,从车上拿下一个足能装两升水的大水杯灌满了水,然后上车。钟随他上车,坐在了第一排。这趟大客车,只有钟一个客人。老司机有些懒洋洋地发动了车,慢慢悠悠、摇摇晃晃地,顺着来路,开走了。

2.与大火作战的老簸桃

刚刚似做了一个梦,梦中的少年小僧就是我自己。我来到一个地方:一座山,一潭水,一座寺院。两个在寺顶干活的小僧,其中一个是游走天下、满脸稚气、有着佛缘的俗家弟子。如梦如幻。这是一个午后明亮的时刻,葱郁而阴森的布朗山被一片巨大的水光笼罩,我如误入了一潭深水里的一尾小鱼儿,无边无际的阳光大水似的包裹着我,将我推到了一个朦胧的去处。我遇见了古老的礁岬和岩丛,有些不知所措。我在悬崖的缝隙里,寻到了什么?

我从一个幻境,进入了一个俗境。

不甘寂寞、孤独,无法独立于现世之外。不甘堕落、随波逐流,却无法找到茂盛的精神草原。像所有人一样,我受到的是俗世的束缚。我只能看到一朵花的一部分,不能揆度其深蕴。我视域中的一些地方,数年来早已被这个社会空洞的话语占据了。向村子那边走,身后的佛院被村寨的吊脚木楼挡住了。绕过几个吊脚木楼,我已走出了村寨。

忽见山根处,有几小间平整的砖房。门两侧有标牌,细看,是布朗山乡勐昂村新曼峨村联合村部。马路对面有个敬老院,然后进入村寨。这个村寨的房屋,要比邻近马路的房屋原始得多,却与现代砖瓦结构的新居混杂。特别是新砖瓦房顶,多数人家还安装了小型太阳能热水器,显得杂乱,不伦不类。

老房子是常见的傣式吊脚木楼,木柱发黑,摇摇欲坠。

西双版纳农业经济较发达地区,布朗族或傣族的房屋多为挂瓦的干栏式竹楼。这些一幢双脊多斜面的组合式竹楼,仍保留着晒台。这种干栏式竹楼一般为上下两层,上层是生活居住的地方,采光、透气性能都很好。地面用木板或竹板铺成,卧室和待客处都铺篾席。中间设一正方形的火塘,上置铁三角。火塘上方是一悬吊的烘架,可烘干谷子、茶叶、烟草、熏肉等。火塘两边是卧室,家人住火塘正上方。火塘里边的中柱是存放家神灵物的地方。竹楼的底层宽敞透气,从前是堆放柴薪农具和饲养家畜的地方,并置一舂米脚碓。现在一些人家已在竹楼旁另建畜厩。当然,建造房屋,是布朗族人家庭生活中的一件大事,也是十分谨慎的大事。建房前需要选址,测风水。开地、起架时,要选良辰吉日,然后请寺院的大佛爷前来念经、祭献寨神。如今这样的竹楼逐渐被木质结构取代,或者更有青砖瓦房。青砖瓦房是借鉴汉民族的房屋特点,不仅有效防火,也结实挡风。木质宅屋,大都是两层小楼。

临村路两侧,有两处新建起的三层木质吊脚楼,玻璃明净,漆铁皮瓦顶,以十余根粗壮的方形杉木为柱,撑开了一个面积阔大的厅堂,与周围旧式吊脚木楼不同。

通往山根的路上,有父子正在修吊脚楼。两位老奶奶坐在自家屋前晒太阳,还有位老汉坐在地上吸烟。身边有一群刚出窝儿的小猫,孩子般玩耍。村路已有了商业小店,经营些油盐酱醋啤酒小食品和洗衣粉肥皂洗发香波等,冷冷清清,半开着门,里面黑暗。

　　寨子建在缓坡上,背依山林。寨子里有方形台坎,中设柱状标志,四周有神龛,这是布朗族人除了佛教之外的自然鬼神原始崇拜图腾。山坡下是大片田地和茶园,对面山林似人的头发,直直戳立。我不辨方向,只是跟着感觉走。走的是山坡细线般的小路,这是村寨的边缘,也是山后。路愈走愈窄,小路两边竹林茂密、杂草

背柴的佤族妇女

丛生,路边有凌乱的鸡毛。阳光在林子里隐现,微风吹过,闪烁亮光,阴森可怖。再走,头皮发麻,赶紧退出,来到有阳光的村路上。走到一座老屋门前时,一条体形壮硕的毛狗从沉睡中抬起头,用阴险的三角眼盯着我,下巴贴地,低吼两声。这是一条危险的土狗。我边走边往后望,同时加快脚步。

前面又出现了三条大狗,或蹲或立,嘴里发出呜呜声,在路中

赶牛

间摆开了攻击阵形,拦住了我的去路。这时听见路边有人呵斥,三条大狗低吼着散去。

我继续向村西走,再上马路。这条马路,通往勐龙方向。一边是村寨,一边是开阔的田野。这个时节正是收割甘蔗的时候。连成了片的甘蔗,随风起伏,沙沙作响。一些甘蔗已经收割,堆放田野边;一些甘蔗仍待收割,留在地里。有一户人家正在甘蔗地里干活,大卡车停在田头。

甘蔗地呈方块状,收割的和没收割的,色调反差明显。远处有被焚烧的根茎和残叶,能闻到淡淡的焦煳了的甜腻味儿,直熏得嗓子眼儿难受。太阳西斜,农人歇工。从田野归来的人们,或赶牛,或荷锄,或有穿着拖鞋的妇女,头绷布带子、布带子连缀身后背着的柴薪,或有开着载满甘蔗、木材和竹子的手扶拖拉机的壮汉,零零散散。

我闻见了更为浓烈的焦煳味儿,从不远的甘蔗林里飘来。

再看田野,临近大路边的一块甘蔗林,燃起了冲天大火!

来不及想大火如何燃起,就已燃到了面前。火焰有如浪涛涌动,火头像从汹涌海浪间窜起的怪兽,一耸一耸地撞击和覆压着大片甘蔗林。灼热的气浪将甘蔗秆子卷上了天,火星四溅,火焰迸飞。我以为眼睛看花了,或是阳光跌落田野发出的光芒——但确实——着火了!

浓烟迎面扑来,声如裂竹,由小到大,由弱到强。火遇路基不燃,掉转火头向田野中间蔓延,一下子窜进了一块还未收割的甘蔗地。一刹那,大火冲天,像无数个球状闪电跌落,火的旋涡扩展,绵绵荡荡,散逸开来。转眼之间,变成涌叠翻卷的海浪,吞没了一块甘蔗林。含糖量高、成熟了的甘蔗林,叶子干枯薄脆,加之周围有丛生的荒草灌木,极易燃烧。被烧成黑褐的地方,面积逐渐扩大。临近着火区域还没有被烧的甘蔗,也是岌岌可危。一群黑鸟飞翔在半山腰,大概是一座佛塔尖顶的高度。从山豁口洒进田野的阳光,有如铺开的金箔。通往乡街路口的天空,薄霭升起,慢慢飘移,仿佛田地里燃烧甘蔗杂草的烟气。

我惊悚地意识到眼前发生的,是一场可怕的山火。

热浪滚滚,火焰飞扬,这时,只见一个精瘦干枯、头发花白的老簸桃(傣族称年长男人为老簸桃,称年长妇女为老箧桃)挥舞一柄长镰,箭一般地冲进火海,杀向火头,速度之快,让人怀疑是从哪里钻出来的侠客。老簸桃勇猛地踏着弥荡而来的火势,左右跳跃,一边腾挪闪避,一边攻击劈打。长镰像一道掷出去的飞镖,准确地劈断甘蔗。我瞬间明白老人的目的,他是企图砍倒甘蔗,阻断火头向这边蔓延。但是,那火的能量实在巨大,仿佛一排气势逼人的强盗,高举猎猎大纛,无法阻挡。老簸桃势单力薄,无法与之抗衡。但老簸桃仍在尽力,他是因为自家田野烧荒,不慎引起火灾,为了减少损失,而拼力抢救。山谷风大,火借风势,煽得更旺,把别人家的几块甘蔗田引燃了。火龙游窜,火魔践踏,所到之处,甘蔗有如被锋利的砍刀伐割,纷纷倒伏。噼噼啪啪,咔咔嚓嚓,稀里哗啦,爆裂声四起。高丈许的甘蔗在汹涌的烈火里瞬间涅槃。

田头这边干活的一家人,大声喊叫,阻止老簸桃试图阻燃的愚蠢行为。路边的农人也站在高坡上喊叫,劝这个老人不要做无用功了。我也跟着大声叫喊。声音被密集的爆裂声抵消、吞噬。我和其他农人心情一样,想这山谷大风正吹得大火狂烧,多少人扑救,都是无用。路边有人大声打电话求助。正在收割的那户人家捶胸顿足,痛心至极,眼睁睁看着几块甘蔗田毁于一旦——他们只收了一车,地里还有很多未来得及收割的,瞬间就被大火烧得一根不剩。老簸桃的儿子闻讯也从家里赶来,冲进了甘蔗林,加入了父亲斩断火头的行动。这父子俩追着火头拼命奔跑,还要躲闪火龙,有如战场上搏斗的将士,高声叫骂,狂舞镰刀,狂砍火头,还是难以抵挡汹涌澎湃的气浪和浓烟。

众人撕破嗓子大叫:

"老簸桃,快撤回来!"

"老簸桃,快撒手了吧!"

"老簸桃,快回来,别烧了自个儿!"

我也跟着众人一起喊。这时公路上聚集了一堆人。

大家声嘶力竭地呼喊。终于,这位老簸桃听从了众人的劝告,和他的儿子跳出火场,疲惫地站在一边,像战败者,沮丧地看着这一伙"强盗"肆意妄为。幸运的是,这高丈余的大火,没有把电线烧着,没有把电线相连的村寨烧着,否则后果不堪设想。仅仅半个多小时,这一片田只剩下几块没被焚烧——那是因为中间隔了两块裸田,火头被自行切断,不会再蔓延。

几块裸田那边,油菜花地里,金黄油菜花,正盈盈开放,仿佛什么也没有发生过……

第九章:高黎贡山

1.百花岭

在一个冬天里,我躺在滇西北腾冲县城的一家酒店,辗转反侧。巨大的孤独感,让我下了决心:到怒江以西的高黎贡山百花岭,去找正在那里拍鸟儿的老友钟和薛。

收拾行囊后退房,将钥匙交还总台,等待服务员查房。服务员说,不用查了,相信你不会弄坏什么。这时候钟来信息,让我跟服务员要几个鞋套或浴帽,因为高黎贡百花岭正下大雨。服务员给了我十几个浴帽。拖包到街上,打车到长途汽车站,没有军人优先窗口。排队买票时遇到了一个拿士兵证、穿便装的小伙子,看他精干的样子就知道是一个野战部队的战士。我问他有没有军人优先窗口,他说好像没有,见我拿着军官证排后面,主动为我代买了一张,又领我到检票口检票。小战士还帮我拎包,和女友一起送我进站内。我很感动,把仅带的一本《过故人庄》文集送给了他。

中午准时上车,四个小时到保山。车行至曼海桥时,边警上车例行检查。有个没带身份证的女人,受到了严格的盘问。我趁机下车拍照,将路边的那些新鲜的香蕉、枇杷、翠枣、木瓜、干果和女商贩——收入相机。我买了一些枇杷,然后上车继续前行,进保山,客车沿着怒江行驶,弯路多,破损路段多,客车时慢时快。江岸青黛,甘蔗摇曳,木棉绽放,竹篁茂盛。田畴隐现,白鹭起落。江水缓缓,偶尔被路边的树丛遮蔽,偶尔敞开。滔滔水流,似璞玉一样迷人。近处的草和灌木不时地切入画面。

到保山后,我打车到南部,女司机帮我找了一个酒店,在离南部汽车站200米的十字路口,还算安静。主要还是因为第二天一早要赶最早的客车。先进房间看看,小县城百元左右的房间相当不错。简单收拾后,下楼到不远处的小超市给钟买了一把伞和一些花生糖,然后找饭店吃了碗米线。天空阴郁,夜晚无法看见月亮和星星,但能感受天地的洁净。夜晚的保山县城,不想多逛,也不能太晚睡觉,第二天一早还要乘最早的班车前往高黎贡山百花岭。钟和薛与一帮摄影家在百花岭拍鸟,已经三天了。

早晨起床,半小时后退房,走路不到一刻钟到车站,购最早的那班保山到芒宽的票,百花岭位于前往芒宽途中的岗党镇。我到岗党镇下,然后在那里再想法儿搭过路车上山。看看离开车时间尚早，我到车站旁边的一个小餐馆吃了碗米线。小餐馆很脏，我只好囫囵吞咽，然后继续等车。清早天气湿冷，我在车站院子里来回走动取暖。车来了，是一辆中巴，误了半个小时。

人不多，我购的票位置在最前面靠窗，可以一路看风景。天色从朦胧到明亮，风景渐渐清晰起来。凭窗而望，青山逶迤，江水舒卷。高黎贡山和怒江一左一右，江水或宽或窄，路上有树木不时掠过车窗。去往百花岭的路都是柏油路，路面平坦得可以信步而行。路两边栽种了新的树种。这条路新修没几年，10年前我走这条路时，还是弹石路。一路经过隆阳、小桥头，再过大榕树群、木棉树。车开得不快，到高黎贡百花岭的进山路口时，用了三个多小时。

多年前，我和同伴翻越高黎贡山，是从西坡腾冲江苴界头到东坡的百花岭的。

这条百花岭仅有的古道，是高黎贡山的中段，也是最古老的茶马古道。芒宽有三条古道，怒江以西的高黎贡山百花岭古道，是古代南方陆上丝绸之路"蜀身毒道"高黎贡山百花岭段的芒宽古道，它建于公元4世纪中叶。从芒宽村后西面延伸开来，直到腾冲的江苴界头，是一条连通成都、昆明、大理、保山、腾冲的古道，然后从腾冲出发，可以到达缅甸、印度、阿富汗。它比北方丝绸之路要早200多年。从百花岭顺山路蜿蜒而行，便是南方丝绸之路高

第九章　高黎贡山 —— 211

怒江第一湾

黎贡山路段。有几个半圆形马蹄印刻印在山中青石之上。若是有心，拨开古道青苔，即可看到，这也印证了马帮、马锅头、马帮汉子等在往昔岁月里跋涉的足迹。山腰艰险，山路漫远，山林密匝。我在《翻越高黎贡山》和《行走怒江大峡谷》中曾经描述过高黎贡山、怒江两岸的景象，以及北南各县乡镇自然生态和沿途故事。怒江和高黎贡山，有如夫妻，相伴了亿万年。

来往车辆以卡车居多。道路每向前伸长几公里，就出现一个巨大的商业旅游广告标牌。这些花花绿绿的牌子，被一根根浇筑在土里的钢筋水泥柱子高举，突兀地伫立在青山绿水间，有如城市主干街道两侧随时见到的广告牌，有种厚重的现代气息。这是10余年前不曾有的。

站在路口，望高黎贡山，隐约听见怒江涛流鸣吼。大山、大水，见证了人类的前世今生。

进入高黎贡山东坡百花岭村寨山下路口，有多棵大木棉树于路边盛开。这深谷幽壑，潜藏大美。我不着急上山，而是顺路口向山里走，并不时拍照。这个季节，正是木棉花季。阳光旋转，天地旋转。树木高大，火烛明亮。无论色块堆放，还是高光处理，都是画家痴迷的意境。每棵树都有不同镜像，花与树、花与高山，近处道路、民居相衬，幽深、静美。碧水激石鸣，青山照树影。路边小桥下，溪流清澈,水击石响,声韵玲琮。

　　一辆红色小轿车从身边开过。我招手,那车往前开了十几米又停下。司机是一个青年,让我上车。他看我背着大相机,问我是不是拍鸟的。我说是,并向他表达谢意。他说他家就在百花岭芒晃村,他回家正好捎我一段。他与我攀谈,问我是否知道玉溪。我说当然知道,还去过多次。他告诉我,前几年他在玉溪工作,后来辞职不干了,回到百花岭,帮父亲经营小粒咖啡。

　　一路上看见结满粒粒红果的树,这些是高黎贡山独有的小粒咖啡,是百花岭的支柱产业。青年告诉我,今年咖啡价格比往年差,未经加工的,每斤只卖6元,往年咖啡要卖到每斤12元或13元,价格下降50%。种植户多了,价格自然下来了。尽管价格低廉,农民仍愿意种植,因为这里的自然气候适合咖啡生长。聊10分钟,就到了他的寨子。青年到家,他的父亲正背着孙子,站在路口等他。

　　向山顶的坡路,就得自己走了。路有些陡,半小时细石山路,走得我热汗淋漓。拖包幸好是旧包,一侧轮子磨掉了外胎,露出了里面的硬塑料转轮,只能将就拖行。估计再这样走半小时,两个轮子都会被磨掉。走山坡,累人,于是我坐下来休息。一个胖子少年骑摩托车上来,他在我身边停住,两腿撑地,问我到哪里。我说山顶侯家。他说是侯锡国？我说应该是。这个叫侯锡国的,我多年前与老驴等翻越高黎贡山时,曾在他家住了两天。

我已汗水直流,却只刚到半山腰。百花岭各村小组芒晃、芒岗、百花林等村寨密集地映现在山路下边。再往上,就是古兴寨、帮维、大鱼塘、旱龙寨了。旱龙寨在最高点。摩托少年得知我去旱龙寨,自告奋勇,用他的手机给侯锡国拨了一个电话,告诉侯锡国这里有人要到他家。少年热情,执意用摩托车载我一段。尽管我顾及危险,但因太疲劳,还是坐上了少年的摩托车。我坐上了摩托车,望纵深峡谷,又立即后悔,这是冒险啊!少年看出了我的恐惧,说没事的,慢骑就是。我忐忑,我从未在如此危险的公路坐过摩托车。

抓住我的腰带!少年感觉到了我的担忧,连忙说道。我抓住了少年的腰带。上了一个斜坡,我问他如何收费。他哈哈一笑说,收啥费呀!骑行10分钟,到了渔塘新村,少年在标有古道驿站和文宫遗址的山门前停下。少年说他家就在这里,他要回家了。他将摩托车支好,指点我向那边山头走。我看那山头眼熟,但10多年过去了,记忆里的侯家变得模糊。少年告诉我,要再走20分钟呢,前面有个山坡和大弯。他骑摩托车走了。我继续上山,若是空手还好,关键还有沉重的拖包和大相机包。我开始爬坡行走,但步履实在太沉重,索性将拖包放在路边,进入咖啡树丛,拍起了咖啡树来。

2. 峡谷的死亡体验

后来,薛和同伴找车接我。开车的老叶是他的四川朋友,一踩油门,车子上坡,再拐一个弯,到了已有很大改观的都是水泥路面的旱龙寨。进了一个小院子,那里有几人蹲在台阶上聊天,是侯锡国的父亲吴老汉(侯锡国随母亲姓,高黎贡山保山段的百花岭有这个习惯,半数孩子随父姓,半数孩子随母姓)正和乡邻聊天。我和吴老汉打了声招呼,吴老汉想不起来是否见过我。薛把钟的房间打开,让我休息一会儿,等着吃午饭。这当儿我打量后院,后院是后来建造的,一楼二楼各有房屋十余间,供拍鸟人住宿。每间房100元。院子里有"鸟友"晾晒的衣服,花花绿绿,有一种温暖的集体宿舍的氛围。

中午与薛及其夫人、薛的朋友一起吃午餐,我实在太饿,连吃三碗米饭。薛的夫人是医生,劝我不要再吃,恐血糖升高,登山易倦。我放下碗,回了屋。薛和朋友老叶又马不停蹄地上山了。我休整片刻,带上泳裤和毛巾,背着单反相机出发。从大路下坡深入山腰,踏上山路。走不远,忽听路边树丛传出呼唤声。见薛和老叶蹲伏在路边一个用树枝搭成的树棚里,两人的相机定焦大镜头从树枝里伸出来,对准路的另一边一个事先挖好的、积满了水的水坑。两人隐蔽得很好。这是侯锡国经营的"鸟掩体"项目,每坑每天100元。这山坡不知有多少个坑呢。薛开玩笑说,这个侯前世定是猴精变的,想方设法,掏尽"鸟人"腰包里的银子。

我跳下"鸟掩体"。这掩体隐蔽得如同堑壕。在这样的穴坑里,架在三脚架上的大镜头有如机枪或迫击炮,只等鸟儿前来喝水就咔嚓咔嚓。薛说有时候麻雀捣乱,他们就低吼,轰走。我心想,这真是不同的待遇,跟人一样,还分为三六九等。薛说是这样。"鸟人"在拍鸟的行当里,不是骂人的话。但"鸟人"也要看人品,鸟儿有灵性——有人戾气重,鸟儿不来;善人有福瑞,身边有气场,俊鸟不招自来,比如黑颈长尾雉、红胸角雉或白尾梢虹雉等珍稀鸟类。薛和朋友人品好,能拍到稀世之鸟。我听得新鲜,无法理解"鸟品"与"人品"到底能有什么辩证的关联。薛说是天启之赋,"鸟人"就该要品质好的人来做。还有,拍鸟讲究"一鸡顶十鸟",意思是说拍一只野雉,比拍十只鸟还要珍贵稀罕。若是能够拍到野雉山鸡,那就要具有崇高和伟大的人格了。高黎贡山鸟类繁多,占全云南省的近一半。国家一类保护鸟种就有5种,二类的有33种。被称为"鸟类博物馆"的高黎贡山,近年来吸引了无数中外爱鸟者,也拉动了这个地区的旅游产业。

侯家是最早靠观鸟获利的农人。想起10多年前我和同伴住在侯家,侯家还只是刚刚开设山地小旅馆的农户。现在摇身一变,建了三层小楼四合院,发展成了专供拍鸟人住宿的"鸟人之家",成为百花岭地区农民致富的样板。据资料统计,百花岭的鸟儿有300多种,但谁也无法准确统计。鸟儿太多,懒人随意在一棵树上就能拍到几只。薛和钟辛苦了几天,并未拍到野鸡,凤头鹛雀、蓝喉太阳鸟、红肋绣眼、金喉啄木鸟等倒是拍了不少。

闲聊胡扯,怕影响他们拍鸟,我去找通往山谷温泉的小岔道。走不远,薛喊了我一声,奔跑过来,怕我泡了温泉饥饿,送我一个馒头。这馒头是他蹲坑拍鸟时的备餐。继续往回走,却见钟扛着拍鸟"大炮"快步走近,看见我挥手,继而大笑。我亦大笑。他说他在高黎贡山拍到了稀世之鸟,高兴。与钟寒暄几句后,他说得进山了,怕鸟坑被人占了。敏捷地一闪,钻进旁边的树丛。我走了一会儿,找到那个通往温泉的下坡岔路,开始进入。

小山道延伸到了半山腰,变成了石梯小道。小道是农人修建的,以大小不等的石块垒筑,宽不足1米,跌宕起伏,陡峭处呈45度,得小心行走。石梯小道是通往温泉的唯一路径。进入峡谷,一下子感觉到冰火两重天。冰的地方,是常年不化的雪;火的地方,是蒸腾热气的温泉。处于峡谷深坞的温泉,常年水温高达 80 摄氏度。农人引来冷澈的溪水,与之混合,方能入水泡身。怒江高黎贡山百花岭温泉,是农人自己开发的,亦是农人劳作之余,放松休闲的好去处。这个温泉之所以保持良好,是因为它并不为外界所知,藏在深山河谷里。我多年前翻越高黎贡山时,与同伴到过这个山谷。山路难走,塌陷多变,大荆草和陡峭的山道,阻住了外地人的脚步,也保护了高黎贡山的生态。现在的石径小道,也因为年久失修,破损不堪了。一些地方石头松动或已经翘起,一些石头因长年潮湿而生出了绿苔,滑湿危险,需要万分小心。

我在一株倒伏在小道上的大树前停下,看见山坡一侧有杂乱的脚印。顺此下坡,或能找到捷径。这个山腰,距山谷温泉远些。但是,愈往下走,愈是陡直危险。我抓握树木下行,突然脚印消失了,出现的是黑色泥土,从泥土里钻出稀疏的树芽。此地貌告诉我:这是一个不久前滑坡的山地,土壤松散,如果再行,会深陷其中,难以撤退。

但我心情急切,不知深浅,仍往下走。我用拴在手腕上的独脚架向前探试,土壤果然松软,独脚架陷入很深。意识到不能再往下走了,我回头向上折返。就在这时,我一脚踏空,身子歪斜,一个趔趄,脚下一滑,仰面摔倒,双脚不由自主地快速滑了下去。

我感觉自己是被人拖着走的,就像《星球大战》中的鲁克和汉·索罗的千年隼号飞船被死星的牵引光束捕获吸住不放,身子被绞着劲儿的力量拽住不放,一直被向下拉,直跌入深渊。又似在滑翔,迸裂了,扩散开,身体被拆散了架……我头皮发麻,心脏狂跳。我想这回肯定要死了,在这个茂密的峡谷,摔到无人看见的地方成为腐尸。在下滑过程中我不断挥舞双手,试图抓住一切可以抓住的东西。坡下一丛灌木迎面扑来,我的屁股重重地触碰到了灌木的根部,撞断了枝条,我的手也抓住了一根枝条。惯性让我上半身直立起来,小树的枝条和硬草抽打着我的脸。坡上的这棵小树,像传说中的救命树,牢牢接住了我……

　　这一刻,我仿佛经历了生命的突然警告!

　　我睁开眼睛,看看坡下,茅草丛生,乱石堆积。目测距离,下滑了足有20余米。

　　谷底,幽暗、深绿,如一潭死水,深不可测。我一身冷汗,浑身颤抖。

　　"死而复生"的奇迹,在我身上发生了。我躺在山坡上,感觉肉体像沙子,撒了一地,骸骨散了架似的疼痛。抚摸挡住我的那株小树,感激又心存愧疚地看着它被我压折。树的根部,是一些湿润的枯叶,下面竟然有几只硕大的蚂蚁在忙碌着。不远处泥土露出一个小小的洞口，蚂蚁水一样涌出洞穴，让人不寒而栗。我顾不上疼痛，翻转身子，贴着斜坡向旁边一棵歪树爬去，抓住裸露的树根，慢慢站起，斜着爬上去。我顾不上察看身体哪里受伤，只想回到原处。

我深吸一口气，稳定情绪，使出最大的力气，手攀脚蹬，小心翼翼，终于攀到山腰石道，坐在石道上歇息，摸摸腰和屁股，疼痛难忍，大概擦破了。衣裤和相机被泥土蹭得污浊不堪。

山中石梯道有株倒卧的大树，因为苍老而倒。我拂去树身覆盖的叶、草，发现有刀斧砍出的豁口，应该是农人用刀凿出了几道坎棱，方便踩踏。越过大树，循石梯小道行走，走300余米，下行，山谷传来哗哗水声，是潜藏在深山里常年流淌的瀑布。细听，无数水滴击打岩石的声响，犹似合唱回旋时的哼鸣，于幽暗

桫椤树

处闪亮。此处悬崖峭壁多多,岩石层有湿漉漉的水迹,有的还长满了绿苔。若不是循着这条小山道,是难以发现此处美景的。无疑,山谷少有人来,即便当地人也很少攀越,只有鹰、山鸟或大小野兽出入。再往前走,过美人瀑,到小石桥。那里,大芭蕉树、桫椤树和山荆子树等蓬勃地生长。昔时的景象再现,水流依然,崖壁依然,滑湿的碎石乱石依然,只是花草和树木更为浓密、茂盛。

3.水的习俗

古生代以前,高黎贡山地区属于古地中海的一部分。在漫长的地质年代里,经多次造山旋回的影响,这一地区慢慢向上蠕动。中生代之后,这一部分地面不断抬升,形成一马平川的原野。此时高黎贡山甚至喜马拉雅山都还没有出现,如同胎儿一般在大地深处孕育。中新世之后,喜马拉雅山的造山运动剧烈,亚欧大陆板块与印度次大陆板块相互挤压、碰撞。处于其板块边缘地带的高黎贡原野,由于地质构造相当活跃,地壳不稳定,在强大的外力作用下,高黎贡山从大地深处超拔凸起,横空出世。与此同时,云南境内广袤的准平原拔升、隆起,成为一片北高南低的大高原。加之东侧怒江峡谷和西侧的龙川江峡谷的不断冲刷,逐渐形成高大隆起的山地和峭壁千仞的大峡谷地貌。在纵横交错的横断山脉中,高黎贡山是沟通青藏高原与中南半岛的"走廊"与"桥梁",同时这里又东邻云贵高原,西毗印缅山地。它具有很好的内在生态聚拢环境与独特的立体垂直气候,动植物种类复杂多样,是地球冰河时期所有动物的"避难所"。当地球上许多古老的物种濒危时,它们却能在这里存活下来,并能繁衍生息……我走在山谷里,如同一叶轻盈的小舢板于古海浪间颠簸起伏。

　　山谷水汽充足,树叶缀满水珠。我从瀑布钻过一人高的树丛,走山根隙道,再拐过一片大石区,就到了"金厂河"。有两女一男在泡温泉。满身污泥、脸粘尘土的我,在一块山石后换了泳裤,先洗把脸,找浅水处坐下。那位浑身黝黑的瘦男人冲我笑笑,问我是否第一次来。我说10多年前来过。他说那时更原始。他说这里原是一个热泉山谷,这个塘子是村民挖的,干净。现今保持得不错,没被开发,万幸。男人皮肤黝黑,头发理得精神,高鼻梁,长脸,颧骨突出,眼睛深陷,眉宇不宽。他自我介绍说是芒宽的教师,他的家眷在岗党镇。这个女人是他的老婆,他指了指蹲在水里的年轻女子。又指那边坐在水里的那位,那个是他老婆的姐姐。

　　我看向坐在水里的那位女子,她有着俊俏红润的脸庞,深陷的眼睛,浓密的睫毛。身材粗壮,坐在塘边的水里搓洗身子,上臂结实圆满,肩膀硕大。被身下温泉厚密的蒸汽托着,被刺眼的阳光裹罩，有如仙女。女人有着印度洋及地中海民族的面孔，身材完美。

当年法国人亨利·奥尔良王子，就是在怒江六库发现当地傈僳族居民的五官跟黄色人种迥然不同。由此他记下了傈僳族女性的人类学特征——皮肤黝黑，额头高耸，眼眶出奇地高，眼睛特别凹陷，下眼皮上长着汉人没有的褶皱。这个女人，鼻子很短，底部很宽，脸庞有棱有角，太阳穴下开阔，颌尖圆满。亨利·奥尔良所描述的怒江峡谷的傈僳族妇女，跟眼前的这位妇人，毫厘不爽，相似至极。我不禁佩服那个行走澜沧江流域多民族地带的法国大旅行家的洞察力。

那女人站起身，去拿石台上的香皂。那塘边的水本来就很浅，她站起来时身子微微向这边转动。透过氤氲水雾，我突然发现，这个高大健壮的女人竟然一丝不挂！

显然，这个女人，或者那个男人和他的妻子，并不把我的出现当回事，他们似乎早已习惯了而无视一切地、不被外界打扰地享受着山谷里的温泉之乐。这个女人丰满的裸体，让我有如撞见山鬼的感觉。

10余年前我在怒江峡谷，曾见过当地傈僳人裸浴，那是被称为"澡堂会"的习俗。

"澡堂会"是怒江地区400年来延续的民俗,每年正月农人泡温泉,除湿、祛火、排毒,一年不得病。我那时所看到的怒江"澡堂会",是纯朴的、自然的、原始的。

　　洗去凡身的不洁,干净地活着。这种习俗,与当地多年来形成的传统的"施洗"有关。我研读过有关怒江傈僳族、怒族的习俗,这种习俗,我们应该从精神层面上来予以解读。

　　三位泡完,穿戴完毕,男人倚靠在一块黑色大石下有滋有味地抽起了水烟,一边抽一边若有所思地看着远山,很是享受的样子。两个鲜艳湿润的女人蹲在大石边,整理装满青草的筐篓。面容黝黑、前额发亮的汉子,有如部落首领,吐着烟雾。三人惬意地说笑。身后的背景,是一潭散发热气的清澈温泉;远处,是那道从浓密树丛钻出来的、悬挂在半山腰的、白花花的瀑布。

　　男人向我点了下头,跟在两个女人身后,脚步飘飘,晃晃悠悠,走了。

　　只一瞬间,三人隐入了岩石和树丛里,山谷里只剩我一人泡温泉,如同一尾年代久远的、孤独的鱼,寻找着地下远古大海的缝隙,并要时刻钻进去。周围静得可怕,偶见两只硕大的黑鸟从头顶呼啸掠过,像小型飞机,翅膀撞了树叶,哗啦一声响。它们是雀鹰,精力旺盛,常偷猎小山雀。此时无风,阳光斜照进密密的森林,阴影重重，狰狞可怖。近处的树，每片叶子都呈现出细节。奥尔罕·帕慕克(Orhan Pamuk)在《森林与世界一样古老》里这样写道：我在等待，微风开始吹拂；树叶摇颤，一片挨着一片。枝条也在轻轻摆动。森林仿佛呈波浪般蔓延，整个世界都颤抖起来。小说家所说的"叶子"喻示"世界的悲叹"。我感到那种和森林与世界一样的古老。这是时间对人的删改。面前浩大的森林之静，又如俄罗斯画家希施金《森林深处》的意境。

温泉水温40多摄氏度，灼热得舒服。奇怪的是，刚刚摔痛的腰背，被泉水泡热，不痛了。水中含硫量大，皮肤热灼发红，痒过后，被风吹拂，舒服。我泡了半小时就不敢再泡了，怕没有力气，难返通往驻地长长的山路。山林静得可怕，尖锐的阳光，全部被林子吸走，整体明亮，被巨大黛绿淹没，天地变得柔和。一道弓起的大帐幔，就在头顶，让人有眩晕感。我起身，擦干身子，穿衣走人。水快喝完了，只剩了一个瓶底儿，我不敢再喝。

转过小道两株大树，再转过一块大石和一个小潭，回到美人瀑，上梯道，原路返回。

4. 山寨生意经

山路边有几位老年人拿着高倍望远镜和相机在高声交谈，福建口音。问他们,说是福建某地老年观鸟团的。也住侯家,已经两天了。他们说话的声音太大,把鸟儿吓跑了。"鸟人"们不悦,这两天"鸟人"们尽量往山谷里走。我与这几位老年人一同返回,然后在院子里聊天,一直聊到吃晚餐。晚餐共三桌,已坐满两桌,另一桌留给没回来的"鸟人"。每桌五个菜。

老叶的夫人责怪侯锡国老婆给的菜分量太少,收费太高。"这点儿菜,动几次筷子就没了。'鸟人'们辛苦了一天,很饿,能吃,这菜量,怎能够吃?"但也是无奈,百花岭农家客栈只此一家。叶夫人的声音大了些,侯锡国听见了,但装聋子。

高黎贡百花岭夜晚寒凉,静如世外。走出屋子,立即有植物气息围裹过来。

外面几家小商铺,有老人和孩子围在商铺前的火堆聊天,填入火堆的干柴,发出噼噼啪啪的声响,把周围照得明亮。站在高坡上看天看山,弦月似舟,星如小灯。我的视线有些模糊,远处的山林涌起了幽深的波浪,令人恐惧。这是我小时候才有的感觉。几只柴狗在身边跑来跑去,不时停下看看眼前的人,那眼神是有情感的。

回房洗澡。钟说这房间的水是从山上金厂河引下来的。"金厂河"是后来的名字,实为"经常喝"的谐音。农人认为水源是他们的命脉,矿物质丰富,又经过无数仙草浸润,若用于洗澡,就浪费了。山民喝这水,无病无患,爽胃健身。那些草木味道,让我怀念从前的乡居生活。高黎贡山,是当年滇西抗战的战场。(1942年春夏之交,日本侵略军攻陷缅甸后,又沿滇缅公路长驱直入攻陷云南保山。中国远征军在艰苦的环境下,与当地居民联合抗战,收复了滇西全部失地,同时也付出了惨重的代价。)吴朝明老汉从山里拾捡了许多炮弹,放进一间小屋,供游客参观。吴老汉建小型抗战纪念馆的事,登了报纸,上了央视,游客纷至沓来。吴老汉的名气也随宣传而扩大。

侯家挂了两个招牌——"鸟友之家"和"高黎贡山鸟类研究中心"。

进门照壁上写满了观鸟者或翻山者的名字。我从薛那里得知,与薛一起来的老叶,是"鸟友之家"的创办者,也是高黎贡山观鸟网站的指导顾问。从建站到网热,短短5年,"鸟友之家"发展迅速。叶先生每隔一段时间来一次百花岭,一为拍鸟,二为指导侯锡国的观鸟网站。

夜晚的高黎贡,静谧得让人恐惧。走出小院子,驻足山坡,看头顶清澈无尘的天空。偶有一颗硕大的流星礼花一样划过,从亮到暗,瞬间燃尽,带着一团黑,跌落群山深处。我就想:这深山万壑，一定有许多跌落的星星。身边的河溪箐沟，恐怕也有不少呢。

一夜无梦。凌晨 5 时，太阳还在湿润的山垭口蛰伏，就有人醒来了。

我被杂沓的脚步声唤醒。天朦胧，鸟儿倦息，鸟友们开始吃饭了。半小时后，鸟友们开拔，到各自的领地。摩托青年也到达。他们都是侯锡国雇来的，租车费各自分红，也增加一部分年轻人的收入。侯锡国有他们的电话，招之即来。侯锡国有一辆能坐七人的小面包车，早送鸟友上山，晚接鸟友下山。白天车闲，也会跑镇里购些生活必需品。至于零星散客，午间回来吃饭，就用摩托车带回来，或者自行回返。一般回来吃中餐的都是懒惰的"鸟人"。勤劳的"鸟人"自带午餐，从天亮到天黑。钟和薛都是敬业的摄影家。这天早晨我也随钟和薛一起起床吃早餐，然后领一份用塑料袋盛装的炒米饭和煮鸡蛋。炒米饭 8 元一份，煮鸡蛋 2 元一个，一个套餐下来正好 10 元，不找零。我将炒米饭送给了薛，我只带了两个鸡蛋。

出门，下坡，站在路边，看了一会儿百花岭富有层次感的瓦屋。

突然想起，来时曾见路边有"亚洲第一大榕"的标牌。我对大榕树颇感兴趣，每到一地，若有大榕树，必观看，也拍了不少各地区的大青树图片。我决定去看这株大榕树。向山下走，路上无人，静得只能听见脚步声。再走一阵儿,山林里鸟倾巢而出,啁啾鸣唱。高黎贡山东坡的百花岭山坡山谷就是鸟儿练嗓的舞台,瞬间,"演出"进入高潮。

从山坡水泥路下去,进入谷底芒晃芒岗组。在村寨里转悠时,有大狗追出院子,向我吠叫。我边走边提防着。再走不远,看见有一中年人在家门前铺晒咖啡果,果皮磨掉了,余下米黄色果仁。小粒咖啡铺满了整个门前,我蹲下,捡起一颗用手捻了捻仔细看。那中年人走过来,也蹲下,手里拿着一盒烟,抽出一根给我。我说不会。他将烟叼嘴里,打火点着,眯着眼睛看着铺开的咖啡,问我,要咖啡?我说我是路过的。我问他这咖啡是他收购的还是自家产的。他说是自家产的,是上品,再晒一天就可以装袋出售了。有收咖啡的来收,但今年的价钱太低。我问他贵姓,他答姓明,傈僳族人。闲谈得知百花岭几乎所有人家都种植这种小粒咖啡,也有个别农户培植重楼(一种药材)和养鸡养猪。寨子里有咖啡脱皮加工厂,这些年虽然咖啡原料价格一跌再跌,但还是有着不错的收入。

我告别这个中年人,快步出村,沿山谷的土路走。这条路与山坡的路遥遥相望,都通往山下。我走着,大汗淋漓。太阳高悬头顶,身子捂得灼热。山里温差大,早晚寒冷。一路走一路见葱郁的香蕉林和咖啡树,还见到鸟友说的米糖花。米糖花是鸟儿最爱吃的野花。我在网上百度了一下,没有这个花名。我去往温泉的路上也见到不少这种花,花朵呈穗状,瓣小细生;叶像芦苇,秆儿也像芦苇;种子有如黄米粒儿,甜脆,鸟儿爱吃。高黎贡山的植物之多样性,决定了鸟儿种类繁多。我后来看钟拍的照片,有许多鸟儿攀爬在花穗上啄食种子。

一路见到鸟雀贴着山的弧线,起起伏伏地飞着。路,有多远呢?

山谷燥热。时间已临中午,我走得太慢,恐过了午后也难下山。

不能走得急,因为海拔高。路遇一个中年汉子,他骑摩托车经过我身边时,看了我一眼。我大声问,山下岗党镇还有多远?汉子哈哈一笑,说,得走小半天哪。那汉子往前骑了一段,忽然慢了下来,掉转车头,来到我跟前,笑着说,我带你吧。我愣怔了一下,坐上了他的摩托车。我问他贵姓,他告诉我姓钱,百花岭芒晃组的,到芒宽办事。他骑得很慢,怕我害怕。他一边与我聊天,一边控制速度。十几分钟后,摩托车驶到了路口大木棉树下。他放下我,告诉我对面小镇就是岗党镇,然后骑着摩托车风驰电掣般沿着大路向北边去了。

小镇冷清,有修车铺、小食品铺、小理发铺和农具店。往里边走,站在路口高坡往下看,怒江东岸的碧罗雪山呈现浅褐色,没有树木，没有野草，没有冰雪。山根有许多高大木棉，花开得正烈。山根下面是滔滔怒江，我决定到怒江边走走。

5. 留住生态大江

穿过村口，一个农人在村子边的田地里浇菜。污浊的水从沟渠流进田地，发出刺鼻、甜腻的味道。我问他这附近是不是有工厂。他说是烟草加工厂，这水是从烟厂流出的。我问他这水对作物或土地是否有污染。他说这是烤干烟草头遍水，味道呛人，但没污染。我说有股农药味道。农人迟疑一下，大概以为我是记者，向我解释说，这里的烟草没有虫害，不打农药。说完继续低头干活。我还想说这水除了流进田地，是否会流进不远处的怒江。但看到农人不再理会我，就打住了话头。

想起小时候，父亲在自家园子种植烟草。烟草叶子长大了会生蚜虫，父亲天天捉虫，保证了烟叶的纯洁和味道的纯正。怒江西岸的滩涂大面积种植烟草，不可能没有虫害，而化学制剂既能防止虫害，还会提高产量。

我继续往怒江边走，木棉树愈来愈近。那些花儿从枝头萌出，小灯盏似的将山体照亮。路两边的菜地，种植着西红柿、洋芋和圆白菜，也有一些烟草。烟草到了老叶期，拔出了尖尖的挑儿，绽开

怒江

了乳白、细长的喇叭形花朵。有一农人在采摘细小烟叶,路边停了一辆双轮木质车。

这一段怒江,堤岸遍布大石,有如史前巨卵。毫无疑问,许多年前曾有大水从这里漫过,那些大石都是江里的,如怪兽干尸,被时光陈列;或者神灵的雕像,带着特殊的象征——水母、巨龟、河马等,并在那里向遗弃它们的国王禀报曾经的可怕灾难。而若是夜深人静在此驻足,会让人产生恐惧——这里像是被遗弃了的部落,没有国王,没有子民,只有仓皇混乱的痕迹。大石间生着高大的木棉树,花开得旺盛,一些花朵落在了土路和大石上,鲜艳、热烈。我支起独脚架拍花,也拍大石和土路上的落花。那些花儿,整朵掉落,从花柄根部断裂。躺在地上的花托儿硕大,花萼花瓣肥厚、沉重,呈佛掌状,伸出长长的柱蕊。我拾起两朵,掂量,有坠感。早先听农人说这花儿可油炸煎炒,味道不错,还可做酒宴配菜装饰。

我跳上一块大石,靠近木棉树枝,拍摄绽放的花朵。

通往江岸,有条土路,两边生满高大的芦苇和灌木。土路被两边的植物围裹成小隙道,只容一人通过。穿过时,我不得不用独脚架拨开两边的植物,避免脸被刮到。这条土路,少有人走,厚厚的叶子铺地,脚踩上去感觉绵软。透过树的缝隙,能看见碧绿的怒江水流。哗啦啦的激流声,随脚步的接近,渐渐响亮。近在咫尺的大江,被高大的野草阻拦。那些野草,有如小树,坚硬锐利,叶有锯齿,一不小心就会刺伤皮肤。好在这里不是越战边境,不用担心进入雷区。大江离我不远。那声响,闪着光泽。我将皮肤衣脱下,罩住头,循水声疾走,用独脚架拨开草丛,从中穿过。

有张硕大的蜘蛛网拦住了我,我停住细看,眼前的"蜘蛛网",是一张高过丈余的尼龙大网。网两边用高大的毛竹挑起,像古时丛林作战的武器。那竹子不细看绝对看不到,就伫立在路两边的苇草丛里。仔细观察,丝网大部分已经罩在了草丛里。这网之巨大，容不得鸟儿选择逃亡的路径。网眼儿细密，对于鸟来说无异于冲撞墙壁。我刹那间明白了——有人设网猎鸟！鸟儿夜间飞行，撞到网，头颅钻进网眼，挣脱不得，最后被勒死。

我翻翻身上的口袋，但没有找到刀子，无法将这网弄破。我用手努力拉扯，网两边缠绕高大毛竹，坚韧结实，手指勒痛也没拉倒，只好放弃。在那之后，怒江之畔巨网"猎鸟"影像一直映在我的脑海中。怒江边，有多少鸟儿殇亡于歹毒的捕鸟之网啊！我没有跟拍鸟儿的薛和钟说这件事。

1952年获得诺贝尔和平奖，活跃在哲学、神学和音乐学等领域的阿尔贝特·施韦泽在《文明哲学》第二部分里说："伦理学必须像敬畏自己的生命意志一样敬畏所有的生命。在这里，我已经获得了道德的根本原则，那就是：善是保存生命、促进生命，恶是伤害生命、压制生命。"我的师姐，旅美诗人、翻译家杜红女士，曾送我她翻译的美洲印第安保留地居民、拉科塔人红衫德尔菲娜写给故乡的书《蚁山之珠》。通过这部书，我知道了从未听说过的一个学科——毒理学。她在"译后记"中这样解答：工业产品，特别是化学产品在生活中的大量使用，以及环境的严重污染，导致了人类基因的变化，引起了各种疾病，通过研究这些变化的基因，找到疾病的发病原理，从而达到防病、治病的目的……这部书讲述的是美国土著居民的沉沦与拯救的回忆。书中谈到了拉科塔文化的关于"生命伦理观"的认知,这是印第安土著居民千百年来遵循的准则,这个准则约束并勉励着保留地居民。

拉科塔文化认为:地球上的一切生命,共同连接成一个圆环,每一个生命都是环上平等的一部分。拉科塔人和美洲所有的土著居民一样,曾经与蚂蚁、蜘蛛、草地鹨等这些身边的生命共同和谐地栖息在自然世界。这些自然之子在辽阔的土地上奔跑、觅食,一代一代地繁衍生息。红衫德尔菲娜以理性的讲述,给我以"生存问题"的思考。

阿兰·奈斯认为,人类应该"让共生现象最大化"。生态伦理学的内容及原则,应该成为人类可持续发展的哲理性道德规范。这也与利奥波德"生态道德观"和约翰·缪尔"自然中心论"之理念相合。因为我们所依赖的自然,不仅仅是生存的需要,亦是精神的需要。自然主导人的精神之旅,让人类有尊严地活着,没有什么能够替代。

我钻过尼龙丝网,来到江边,坐在江岸的一块巨石上,看石头下大流翻卷,听水声激荡。对岸的碧罗雪山没有积雪,山根岩石有水漫过的痕迹。

一江大水,一岸大石,一只蹲在巨石上的孤独的水鸟,似在诉说什么。

6. 两个农人的坚持

我到岗党镇路口等车,去看大榕树。有福贡来的一男一女也在等车。女的多年前从百花岭嫁到福贡,男子就是她的怒族老公。福贡县在芒宽乡以北130公里,是一个人数不算太多的怒江边小县城。我多年前行走怒江大峡谷,曾在福贡县驻留了一晚。福贡往北,就是贡山县和丙中洛乡了,再过石门关,向北走,直通西藏察瓦龙。

男人话不多,女人话不少。她说这季节回来帮助父母采收咖啡豆。家里承包了山地,需要帮手。一会儿,女人的弟弟骑摩托车来了。这位汉子30多岁,敦实黑胖,圆脸浓须,面如红枣。一路骑行,涔涔汗透。他穿着军队迷彩服,手里提着一小塑料袋米线。汉子停好摩托车,看见我,聊了几句。他自我介绍叫余德刚,百花岭村芒晃组人,来接他姐姐和姐夫。余德刚问我从哪里来,要到哪里去。我说想去南边,去看看"亚洲第一大榕",拍些照片。

余德刚突然站起来,严肃地对我说,亚洲第一大榕?骗人的!告诉你吧,我们村子有棵大的,那才叫第一大榕!

路边看到了广告牌,写的"亚洲第一大榕"啊。我说。

都是糊弄外地人的。50元啊,你花那个门票钱干啥?我带你去看看,谁都不知道的,那才够大!不要钱!余德刚急了,涨红了脸,大声争辩。

见我疑虑,余德刚掏出手机要找辆摩托车带我去看大榕。刚拨电话,就见从芒宽方向有个骑摩托车回返的中年男子。那个男子个子矮矮的,有些清瘦。余德刚收起手机,大声喊叫那个瘦小中年男子停下。那男子掉转摩托车过来。余德刚指着眼前的这个瘦小中年男子对我说,他叫李从星,芒岗村组的组长。你坐他的车,先到他家。我马上过去接你。

不容我怀疑,身穿旧军装、着肥大深蓝海军裤的李从星立即把摩托车掉转让我上来。余德刚对李从星说了我要去看"亚洲第一大榕"的事。只听李从星说了句,是我们村子的大青树啊。云南人管大榕树叫大青树。这时候的我,想着眼前二位真是有意思,他们要与官媒宣传较劲儿?对我来讲,不想去吧,又怕有违二人的意愿。想去看看,又不知道二人究竟会如何对待我。跟我收费,或者……踌躇之间,在余德刚的催促下,我稀里糊涂地坐上了李从星的摩托车。

李从星策骑趱驰,熟练地沿盘山路左旋右盘,上坡下坡,到家进院,停车。像神行太保踏风疾行,快得刺激。

李从星的家是三间小瓦房和一个小院子,小院子里晒着小粒咖啡豆,墙根处栽种香葱和蒜苗,还有一株桃树正在绽蕾、盛开。李从星取来水壶,从檐下窗台拿来一个杯子,又从一个生锈的铁盒里抓一把绿茶给我沏上。这位1967年出生、性格内向的中年农民,是芒晃村组的组长。他到城里买了一把柑橘枝丫,准备嫁接橙树。他将一条裤子用水浸湿,包裹这一小把枝丫,确保枝丫湿润且不失水分。他把我领到他家屋子后面的苗圃。有些树芽已拱出土层,嫁接即可。苗圃与猪圈相邻,猪圈里有三头肥猪。李从星说这三头猪再过几个月即可出栏上市。

一阵摩托车声响,余德刚来了。

他要带我去看芒岗组村委会院里的三株大榕树,几分钟即到。

这个组的院子我熟悉,多年前我来过这里。三株大榕树硕大,几个老人在三株树下放一张桌子打麻将,几个孩子围着树奔跑。余德刚见我不惊奇,说这几棵大青树不算大,去看那棵真正的大青树。他要让我承认他们芒岗组的大榕树超过路边广告的大榕树,我明白他的心思。我所感动的是,这种自信,来自边地山村的一个老百姓;这种执拗,来自内心孤傲、没有多少文化的滇北深山的一个普通的傈僳族青年农民。我不能再怀疑了,我相信余德刚的判断。无论如何,我都要以认真的态度来对待余德刚的自信。不管山有多高，路有多远，今天非要跟着他，去看看他们村里的大榕树到底有多大，能让这位敦实憨厚的青年农民这般较真儿。

余德刚见我同意跟着他去看大青树，非常高兴。他先是用摩托车把我带到了他家，让我看看他家新盖的四间瓦房和小院子。然后让我看看小院子的水泥地上，晾晒着的脱了皮的千余斤小粒咖啡豆。余德刚家的小院子和房屋，是由老屋老院落重新扩建的，比李从星家大一倍。房屋前有青石台阶，台阶上晾晒着大人孩子的布鞋。上台阶时，余德刚用脚将这些鞋子拨拉开，让出一点儿落脚的地方，把我让进黑洞洞的屋子。余德刚给我倒水，我说在李从星家喝了。

余德刚急不可待，骑着摩托车，载着我，从窄得仅容一人行走的小土道儿上山。

余德刚车技了得，能准确地将车轮扶正，行驶在小窄道中间，且车速很快，即便路上有坑洼，也不减速。坐他的摩托车，我心里犯怵，也颠得难受。好在身侧是咖啡田，不必担忧翻车掉到沟里去。但我仍是将两腿叉开，若是滑倒，也能够支撑得住。我怕他认为我胆子小，故意与他聊天，他听不清楚，便放慢了速度。我敢说余德刚和李从星的车技绝对高超。他们若是参加摩托车比赛，定能拿到名次。摩托车爬了一个陡坡，来到了他家的咖啡园。他用手扒开一株茂密的咖啡树,向里面叫了一声,一个小男孩从树丛里探出了圆乎乎的小脑袋,冲他调皮地做了个鬼脸,接过米线,又消失在咖啡树丛中。余德刚载着我沿土路继续行驶,最终停在一个土坡上。他指着对面山坡一株露出婆娑树冠的大榕树,大声说,就是那棵!我们村的!

大榕树被隆起的山坡挡住了大部分,只露出少部分树冠,如同从大地深处拱出的巨型蚯蚓,阳光下黑黝黝地吓人。沟壑里的溪流,绕过了山坡,向里面流淌。余德刚说他只能送我到这里,下面的路,摩托车无法走。他告诉我沿着水渠走,走到那株大榕树下面,再沿坡上去,就会到大榕树跟前。

我按照他的指点,下到坡底。一对年轻夫妻挎着布袋,正在摘咖啡豆。这是一块布满了石头的薄地,稀稀落落的咖啡树,长势一般。农人见缝插针种的,也难为他们了。小夫妻俩见我下来,停下手里的活计看我。我按余德刚的指点,沿水渠走。愈走水愈少。我不知这水从哪里流来的,是农民自己挖井抽水,还是从金厂河引来的?后一种可能性大。山谷里的水,从山上流到山下。金厂河处在高黎贡山半腰,山顶常年积雪,有泉水沿山谷流淌。明显的是,这条河流已经枯竭。那些横陈河床的大石,明显有水流过的痕迹。高黎贡山里的河谷很多,随着森林被偷伐,山区降水量逐年减少,河谷里的水也相应减少。走了近半个小时,我到达大榕树下方,果见大榕树非凡。我登上农人挖出的坡梯,再踏上土路,见到余德刚所说的此地区"最大的榕树"。

大榕树下有一条细窄的土路伸进草丛。稍远,是缀满了绛紫色果实的咖啡树,长势旺盛,果实累累。大概地下水分充足,一般情形下,地下水充足之山地,就有大榕树。我坐在大榕树下歇息,想象如果我在这里有块地,干了一天农活,疲惫时,能坐在树下休息,也是不错的。

我将独脚架插进距大榕树不远的树坑,按下自拍键,迅速跑到树前。要让树有个参照物,否则不知道这树有多大。大榕的气根"爬行"成一头四脚大兽,占地面积大,树枝横伸到了咖啡地里,农人用一根粗木支撑树枝,使其不致坠地。难怪余德刚对路边广告不服气。虽说这株大榕树与铜壁关的大榕树相比逊色了些,但肯定要比打洛森林公园的"独树成林"要大得多。

我拍完了树,原路返回。若碰上余德刚,我要告诉他这株大榕树号称"亚洲第一大榕树"是有能的。虽不敢肯定是"亚洲第一大榕树",却也能排名靠前,可谓"养在深闺人未识"。高黎贡山百花岭村农民余德刚兄弟的自信,告诉我一个深刻道理——每个人都要有自信意识,不要被表象所迷惑。那些被明晰了的,往往并不一定是真实的存在。一些沉默或被隐藏了形迹的，不见得没有动人心魄的存在。这种存在，值得肯定。

农民兄弟余德刚，我从他"希望被外界认可"的态度里读到了一种自信。这个自信，是以村寨为内容的"自我"判断，不是专家学者学术讨论的肯定，而是实地考察所得的真实。百花岭芒晃村的大榕树，像一位出世高人，以隐者姿态，傲立山谷。当然，它并不是非要让人们认可，它孤独于细小、沉潜于非凡，难得的自由自在。但在我看来，无论是那株被渲染为亚洲第一大榕树的怒江之畔的大榕树，还是被隐藏了形迹的高黎贡百花岭芒晃大榕树，都如海德格尔所言的隐喻：一个是"敞开"的，一个是"遮蔽"的。路过余德刚的咖啡林时，我没有看见他，他已隐入树丛。我在路边坐了一会儿，是为了等他出现，也是为了休息一下。等了足有半个小时，没有等到。斯时的余德刚已隐入咖啡林里专心地摘咖啡豆。或许他不需要我的回应，他有这个自信来维护或建立村寨的自信和自尊，一如维护或建立某种信仰式的存在。余德刚让我见证了大榕树非凡的存在，并且他从我这里得到了肯定的答案。

7. 鸟儿的生态哲学

进入村子后，我一阵狂走，累得直喘息，脚下如踩火炭般灼热难耐。走得汗流浃背，渴得喉咙冒火。一瓶矿泉水，所剩不多，不到万不得已不能喝光。我从沟里村寨向上攀走，不时有摩托车从身边驶过，大多是年轻人从镇上返回。还有农用车拉着装满咖啡豆的袋子。这时节是百花岭收获咖啡的时节，也是最忙碌的时节。再走一段，见村子里的人在修水槽，路边堆放着石头和沙土等。汉子们个个剽悍，干得满面尘土。人们忙碌着，没有人在意一个累得快散架的旅行者的身影。通往旱龙寨山顶侯家的路一直是上坡，我身子沉得如负千斤重物。我这次流的汗是几天来的总和，满脸汗水流进眼里嘴里，蜇得眼睛生疼。

  傍晚 7 点多才回到住处。薛、叶和钟在院子里聊天。他们明天要开车到腾冲来凤山拍鸟。高黎贡山的保山至腾冲开辟了公路。薛说，叶的车能坐四人，加上老钟，已拥挤，不能带我了。我刚从腾冲过来，也不打算再去。钟说，不好意思，你来找我，我却走了。我说独行惯了，无所谓。事实上，我不打算继续留在百花岭。我想的是，东坡和西坡连通了公路，虽说不用像以前那般费力翻越，生态却已遭破坏。21 世纪初的高黎贡山，完全没有公路。那时我所行走的路，即是昔日老茶客、老锅头们走的茶马古道。河流交错，林深藤密，虎狼豹蟒，大禽小鸟，就是一个动植物繁衍生息的自然天地。如今，高黎贡山现代公路的建成和人间愈来愈旺的烟火的逼近,定然会戕害自然神灵。茶马古道丝绸之路,也会被撕裂。驴友行走高黎贡山的柏油公路,能叫翻越吗？10年多前翻越了这座著名大山的我,不胜唏嘘。

天意传给大地的,大地没有拒绝;天意传给人类的,人类不要无故毁掉。

中国唐代有一位叫寒山的诗人,他曾隐居寒岩,为的是"超世累",过一种与自然为邻的生活。寒山诗云:寒山有一宅,宅中无阑隔。六门左右通,堂中见天碧。这是一种与天地同在的大寂静,独特之处在于与自然的贴近。这种生活,今天也有人顶礼膜拜,只是我们很难再见到这样的地方了。因为大环境的破坏,已让浪漫主义者的理想式微。美国自然主义作家亨利·贝斯顿深切体会到现代社会的弊病与自然生命活力衰退的关联。他在《遥远的房屋——在科德角海滩一年的生活经历》中这样认为:"如今的世界由于缺乏原始自然而显得苍白无力。手边没有燃烧着的火,脚下没有可爱的土,没有刚从地下汲起的水,没有新鲜的空气。"这种思考,无不说明人类大生命环境的命运其实是掌握在人类自己手中,而非别的。

明天我要起程到大理古城,然后回昆明。

次日起床,钟追随薛和叶开车去了腾冲。我准备停当,吃罢早饭，与侯家结了早餐的账，然后等待侯锡国的面包车。与我一起等车的，还有福建老年观鸟团的四位老人。侯锡国将我们几个送到渔塘小学那里等候去往保山的早班车。7点30分准时发车。车开出不久，天色就已灰暗，我穿着冲锋衣依然冷得瑟瑟发抖。盘山路左旋右盘，在山里绕着圈儿。

天渐亮，进入眼帘的，是怒江西岸的高黎贡山和东岸的碧罗雪山。再转几个弯，蓦然看见群山深处，清风静穆，阳光普照。明亮的光芒里，万物如新，恰似一幅打开了的长轴图卷：甘蔗林、香蕉树、杧果树、大榕树、木棉树等植物，将广阔的潞江坝子装扮得美轮美奂。蒲缥、隆阳、保贡大道等路牌一掠而过。我坐前座，视野开阔。师傅是开了20多年车的老司机，车开得飞快，拐弯不减速，双手灵活地旋转方向盘，还不时与车里的人逗趣打诨。在这样的盘山公路上飙车，让人感觉眩晕，也很危险。我提醒师傅开慢些，车上老人多。师傅有些歉意地哈哈一笑，放慢了速度，车子开始平稳地行驶。

福建观鸟团的老人说话声大，聊的全是"鸟事"。我与观鸟团带队欧东平先生并排坐，聊起高黎贡山生态、森林里鸟儿的种类。

鸟儿是环境最好的评测员。哪里环境好坏，鸟儿最有发言权。鸟儿是灵敏的，它们只在山美水净、空气清新的地方，若是污染多的地方，你绝对看不到绝世之鸟。鸟儿是生态哲学家，它们的生存体验，胜过多少以数据为证的学者或人类学家啊。而即便是一些普通鸟，它们也绝不愿意待在污浊的环境里。

世上最博学的人就是把山河大地、飞禽走兽和花鸟鱼虫记得清楚的人。

两个半小时后到达保山，比我来时快了半个小时。司机师傅说要到大理先到南部汽车站，打车到南部汽车站15元或20元。他提议我们5个人坐他的车到南部汽车站，给10元再加过路费11元，就可以送到。建议非常好，师傅挣了小钱，方便了游客，都有利。

我们就这样顺利到达南部汽车客运站，再排队购10点50到大理的票。我年龄小，自然要去排队买票。老年人高兴能有位年龄小的为他们服务。一路又与欧先生并排坐，他很能聊。这次又聊福建各种名茶：大红袍、正山小种、单枞、金骏眉；聊腾冲和瑞丽的翡翠、琥珀。总之，这位欧先生见多识广、阅历丰富，从保山到大理，一路我们聊了两个多小时。车速超快，一下子就到上关，然后坐8路车到古城。

福建老年观鸟团成员是第一次来大理古城，他们向我打听哪家客栈便宜，我像熟知一切的当地人，告诉这些老人，哪里环境好

高黎贡山最珍贵的活化石——铁杉

哪里便宜些,但他们并未按照我的指点去这些地方找客栈。老年人不愿意多走路,走不远,进了马路边的一家客栈打听,几分钟后出来,再到另一家打听,再到另一家……我不能等,我要到玉洱路那边寻找清静的客栈。

我跟老人们说我不住这里,建议他们找到住处后先休息,下午可以到洱海才村码头看看。

第十章：点苍山

点苍山，古籍中称作熊苍山、玷苍山，地处横断山脉。"独向苍天横冷箭，傲世人间笑红尘。"武侠小说里所说的"点苍派"就来源于此。点苍山山顶积雪，斑驳苍茫，得名"点苍"。点苍山名，始自唐代，《读史方舆纪要》载："点苍山，介龙首、龙尾两关之间，前襟榆江（洱海），碧浪万顷，背环漾水，连络如带……有十九峰，环列向内，如弛弓然。"

我摒弃"苍山"这个山名，坚持用"点苍山"，旨在尊崇古籍名录记载。而无论是点苍山、熊苍山、玷苍山，从资料的完善程度来说，都有着承载历史记忆功能之属性。它是一种传统延伸，当代人无知地将"点苍山"简化为"苍山"，让原本奇崛的古意变得平淡无味。因此，我在行文当中，除了人物对话，所有对苍山的称谓，皆以"点苍山"呈现。

1.点苍山下的小镇西湖

　　我对大理古城的好感,说来好笑,竟然是在 21 世纪初行走怒江大峡谷后,到大理古城吃了酸木瓜炖鱼而从此记住了舌尖上的大理。后来又吃了酸木瓜炖土鸡。这些民间土菜,不同于川味酸菜鱼,也不同于东北酸白菜火锅。它用新鲜酸木瓜做辅料调味鱼肉或鸡肉。经过生物酶发酵的木瓜干儿,完全分解了鱼或鸡肉蛋白质及其中所含的卵磷脂。用酸木瓜鱼汤或酸木瓜鸡肉汁泡饭,开胃,助消化,让本来胃口不佳的我大快朵颐。大理古城以慷慨的舌尖馈赠,让我感受到了一种纯美朴素的"民间味道"。之后,每到滇西,我都要小住古城,不单单为了品尝滇西北正宗酸木瓜炖鱼或者酸木瓜鸡肉,更多的还有我对"理想家园"的归宿感。那种"三坊一照壁,四合五天井"的建筑风格,与我小时候老家的大宅院相似。

　　"西陑苍山,东属洱水,其高壁危构,岿然犹存。"元人郭松年在《大理行记》中,对古城大理这样描述。古城大理,清澈流水与纯净雪山相连,青黑瓦檐的老宅与坦荡的田野相连,茶花的香气与点苍山的白云相连。大理古城,还是金庸笔下的神秘侠客出没之地。点苍山、洱海,我总能在文字缝隙里找到侠客的踪影。没有哪个地方能像大理古城,有着一山一水阴阳两境,孕育魅力十足的人文地理。2009年正月初九,我到大理喜洲周城,参加了白族"本主节"盛会(农历正月初九的玉皇大帝圣诞。当地白族群众到点苍山中和寺举办盛会,俗名松花会)。赶庙会的群众拥上街巷,热闹非常。着古装的老年人列队,手执祭品,走过插着高香和松蒿的老屋旧巷,到附近庙堂拜祭。此番景象,恍如古时。

洱海浅水里的树

车马辗转,身心疲惫,让我不加选择地住进了西门附近一家客栈。这家客栈临街,吵闹。早晨醒来,更让我不堪忍受的是它附近的煤烟味儿。起床后我想都不想,就把房退了。拖着包,背着相机,步行到三月街,坐中巴到北部白寨汽车站,买了去洱源右所镇的票。右所镇,一个隐藏在洱源的小镇子。我先前不知道,是老钟发来短信,让我去看看。那里有座湖叫西湖,栖息着紫水鸡,拍鸟

者都知道。这个所谓的"西湖",早前是一个比较大的水塘子,但它确实是一个自然生态和环境皆好的湖泊。有了洱海,这个小小湖泊就被遮蔽,被人忽视了。

我购的是9点45分的票,座位在司机后面第一排左边临窗。一路看左边的点苍山,也看右边的洱海。点苍山和洱海之间是高速路。油菜花、水渠、麦田、菜蔬等掠过,花花绿绿,将大地切割成有魅力的条码图案。偶有一朵云飘来,挡住了太阳光线,浅浅云影,将大地织成了富有质感的立体织绣。真想写篇散文《左点苍,右洱海》。点苍和洱海,亦阴亦阳,亦柔亦刚,亦绿亦黄,全裹罩在一个硕大的天地图画中了。车行景变,山与水展现精彩细节。11时左右到右所。路上泥泞,脚下全是泥水。走了一段石头路,穿集市,过小桥。桥边不远处有伊斯兰标识的圆形塔楼,圆满的球状顶部,一竿直立,上有银色的金属月亮,在正午的阳光照耀下,熠熠生辉。继续往里走,破旧的房屋出现了,低矮的墙垣,交错的电线,跑来跑去的柴狗……

我拖着包,踏走遍地泥浆的街巷。忽有两辆电动小蹦一前一后经过,问我到哪里。我说要去西湖走一圈儿。答50元。这价格高了,但能接受。一看这两人身体粗壮,脸挂横肉,匪气显露,便不敢坐了。摆脱车夫,来到农贸市场,见一辆电动小蹦车停在那里,车旁有个中年男子,方脸浓眉,向我微笑。这人面善。问多少钱到西湖,他哈哈一笑说,3毛。我诧异。随即想起云南人对钱的民间用语,3毛就是30元,1块就是100元。我说,你要得不高。他憨笑,说,刚看见你进里面去了,也看见了两辆电动小蹦车。他们肯定跟你多要,你没坐他们的车是对的,否则他们给你多转一圈,就是1块钱(100元)了。西湖不远,上车吧。我感谢他说了实话,拎起包,坐上小蹦车。他发动车子,突突开拔。只拐一个弯儿,五分钟到了西湖。这座西湖,并非照搬杭州的西湖。所谓西湖,当地人说,是因为湖泊处在古城西侧而得名。事实是,镇子处在古城以西而得名。

岸边树木婆娑,映进湖里,与湖水形成镜像。远处的汀渚,有许多小䴙䴘。这种有着金色眼球的水鸟,机灵敏捷,与人始终保持距离。若有人接近,䴙䴘立马钻进水里。啼鸣声与水鸡相像:咕咕,咕咕,咕咕咕咕……如一连串气泡一秒内破灭。有20余只䴙䴘,有无数气泡破灭声。有的踩水打架,将水面划出了长长的痕迹,如《卧虎藏龙》里的侠士轻功踩水,凌波微步,自由自在。这是它们的世界,无人的干预,精彩、纯净。

见不到紫水鸡,能见到明亮的湖光水色,也是不错的。师傅自我介绍是白族人,姓李。他说常拉拍鸟的客人,哪里有紫水鸡,他很清楚。时值正午,温度升高,阳光明亮,虫子们怕晒,隐藏进了阴凉的地方。这时候的紫水鸡还有鹛鹈，也都在苇草或湖里睡觉，不出来觅食呢。李师傅灵机一动，说要帮我找一处开阔地，那里能看到整个湖面。于是带着我，找到了一个农家菜地。菜地是伸向湖心的一块地，长着甘蓝和小葱。李师傅带我走垄沟，踏菜畦，穿过两处房屋，到菜地的边缘与水接壤的土坝，向湖心张望。我见到了远处草丛里有几只紫水鸡，调好焦距，把那几只紫水鸡，用长镜拉近，拍下来，放大看。

紫水鸡为鹤形目秧鸡科，中型涉禽，体长44~50厘米，成鸟两性相似，雌鸟略小。嘴粗壮，鲜红色，短而侧扁；鼻沟浅而宽，鼻孔小而圆，在鼻沟前部下方，额甲宽大，后缘平截，橙红色。头顶、后颈灰褐略带紫色，体羽大都为紫色或蓝色，尾下覆羽白色，翅和胸蓝绿色，阳光下闪着金属光泽。额甲又称盔突，是一块硬质的肉或皮肤，从前脸喙的根部一直延伸到额头。研究者认为，额甲一般是鸟觅食时用作保护面部的"面具"，也是求偶和争夺领地时炫耀的武器或盾牌。紫水鸡生活在沼泽、湿地、湖岸等区域。紫水鸡爱食芦苇嫩根，头扎入水里，用喙将苇根拔出来，以跗跖及长而有力的趾抓住它，送到嘴边，用喙切成合适的小段再吃掉，进食方式优雅、高贵。偶尔，它也会开开荤，吃一些软体生物，如小虫子、福寿螺。有时也捕食小鱼，但鱼鳞及鱼肉对它来说实在太硬，它只能吃鱼软嫩的内脏。

老钟和老薛也在这里如愿以偿地拍到了紫水鸡,成为他们此次滇西之行的唯一收获。

李师傅帮我拎包,遇到土坎,他将包抱在怀里,纵身一跃,有如神侠。我拍完紫水鸡,又坐上李师傅的车回镇上,给了李师傅30元钱。李师傅挺满意。他的诚实和卖力,也让我满意。他告诉我,这里小包车车夫很多。正常情况下,包车一天100元,半个小时30元。李师傅把我送到大街的大车停靠处,我要返回古城。

古城玉洱路,西门附近有一家客栈,主人叫杨康。与金庸小说中杨康的名字一样,却瘦小了些。小院子中心有花坛,栽种多株玫瑰。我挑选了二楼最大的有着三人床的房间,房费每天60元。阳光充足,床单干净。窗外是另一家客栈的楼顶,有晾晒的床单被罩。晚饭到古街小酒店点了荤素两菜犒劳自己。饭后,沿古城路溜达。古城夜晚街上时髦青年居多,路过洋人街咖啡店,看见那里有许多年轻人。有外国青年在街边摆摊,卖手工制作的玛瑙、翡翠小饰件等。

农历正月十六,点苍之巅,月亮仿佛一颗硕大的珍珠从一只大蚌壳里跃出,带着贵气。又见风吹云彩,粘连着、飘坠着、撕扯着,这是风的力量。云彩无法挡住月亮吐出的水流,那些水流,携着浩大的清风,吹薄了时间,吹薄了孤独,吹薄了梦境。

　　大地静谧。远处洱海一线,如蛇蠕动。月、云、山、水、草、木的香,牵动了绵绵回忆。

2. 跟着一只鸟儿上山

　　大相机压肩,有如扛着一杆冲锋枪。我还背了两枚柑子、两个苹果、两瓶水和几块鲜花饼。老钟扛着大炮镜,沿玉洱路上行,到博爱路口小饭店吃了碗饵丝,10元一碗,没几根饵丝,全是辣酱。吃罢继续走,上行到三月街。老钟昨天退了车票,本来他要回昆明的,我鼓动他留下来。昨夜他查看地图,确定了行走路径。走了一段石头路后转上土路,再上去进入了军营区,立即有两名士兵跑过来盘问。老钟说去爬山。士兵抬手指指下边一条羊肠小道。

　　进森林,就是进山。全是松树,从撒满松针的泥土里钻出小兰花和野杜鹃。那些松针绵软厚实,踩上去打滑。好在是土路,泥土有塑性,不致摔跤。我一边走一边用独脚架拨开松针,速度相对慢了些。有许多小山鹛在头顶鸣啼引路,老钟边走边用大镜头瞄准。我告诫他别走得太快,他在前面走,拉开了十几米距离。走走歇歇,汗出来了,脚下如踩火焰,但还是有一些很好的路,松林间的小隙道、小土沟。有时路边会出现坟墓石碑,都是年湮久远的墓地,阴森森的。这静幽、生态不错的林子,少有旅行者走的小路,都是当地农人放牧牛羊走的路。老钟说别看土路陡滑,却是捷径,若走盘山公路,何时能抵达山顶不好说。

快到山腰,遇到一位精瘦老汉,背着一个不大的包裹和一个塑料桶,大步流星地从身后赶了上来。老汉问我拍到鸟儿没有。我示意他小声,指指前面举着大镜头瞄准的老钟。老汉噤声,走路轻飘。待老钟放下镜头,老汉说他是护林员。他告诉老钟,这些小鸟很常见,要拍,就拍很难遇到的野雉。老钟打了鸡血似的高兴起来,说拍鸟的人最讲究"一鸡顶十鸟"。野外特别是高山森林,谁能拍到真正的、自然的野雉,谁就会在"鸟界"蹿升几级地位。老钟说他这次到点苍山,就是奔野雉来的。不苟言笑的老钟瞬间和老汉亲近起来,要帮老汉背包裹。老汉哈哈一笑,别看你们年轻,爬这山,你们不如我。点苍山有野雉,但是难见到。老钟的意思是要和老汉套近乎,想从他那里知道野雉的藏身地。老汉对点苍山鸟儿的分布了如指掌。我料定这老汉绝非一般人,有如武林高手,点苍山在他飞速行走中渐渐降低。老汉身穿一双解放鞋,爬山的姿势,轻飘飘,有的地方有坑有包,他一纵身,抓住了坑和包边缘的树,一矮身,便蹿上了坡。这等灵捷的爬山方法,如走平地,非我辈能及。莫不是点苍派大侠现世?点苍渔隐以剑法和轻功扬名天下，轻功轻灵飘动，专走轻、柔、快、变等路线。老者的步伐，与小说里的情境，何其相似！我的眼前，立即浮现出金庸小说中的人物。

就是军事素质好的老钟，也无法与他相比。

老汉对老钟说，我带你走，让你拍到。老汉爬山轻松，老钟精神抖擞，脚步如飞，一眨眼，把我甩到了身后。再一眨眼，消失山林里了。

这个山坡是泥土坡，干爽，覆泥尘，脚踏上去打滑。幸好我穿的是军用步鞋，但仍是爬得谨慎。眼看着两个人在前面的松林里消失了，我不由得惊慌，怕跟不上。这时候，几个分岔的小山路出现了。仔细察看那留在土路上的模糊的脚印，辨别他们走的到底是哪条小路。再走，那些脚印竟也消失了，只有落叶铺地。我想起在点苍山迷路的情景，再走下去，恐怕有麻烦。这时我也是疲惫不堪，用力喊了一嗓子，老汉回答了一声。我按照声音的方向再走，又遇一个大拐弯，也是陡坡大的地方。拐弯上坡，见两位在一个鞍部休息。老汉抽支烟，悠闲地和老钟说话。老钟赞叹老人腿脚好、眼力好，刚发现了一个稀有品种的小山鹃，他抓拍到了。这一品种的小山鹃，内地不多见，或许只有滇西点苍山才有。点苍山的小鹃，霸气。老钟说。老汉不以为然，这有啥奇怪的？还是野雉好看，运气好的话，能看见十多只呢，非常壮观。特别是雄雉，长得仙灵，真正的凤凰。说着身后突然蹿起一只雄性野雉。老汉说,还真的不经念叨啊。这鸡我喜欢,它平时见我不跑。今天见你们,害怕啊。老钟大喜,端起大炮就拍。老汉又说,它是来找我的。不怕啊,不怕。那只野雉躲在树后,与老钟保持几十米距离。它被粗壮的松树挡住了,老钟只拍到了野雉的头冠和长尾。但这也足以让老钟兴奋异常。

快到中和寺,我赶了上来。我们到寺前亭子休息一下,喝点水。再上去一点儿,就是护林队了。有一趟小瓦房,坐落在山坡之上。老汉搬出两个小凳子,说不要坐那石头,太凉,肚子会疼。老汉细心周到。老汉叫张顺喜,66岁了,湖北人。来大理40多年了,家住在古城。他说了街道,巧的是,他家就在杨康客栈对面,也是振兴街广武路。我叫他张叔叔。张叔叔认得杨康,问我们能住几天,他今晚值班守山护林。说下次再来古城,一定找他,不要住客栈,就住他家。他老伴儿去世了,儿女单过,他一个人挺闷的,自愿到点苍山当护林员,每两天爬一次山,身体好着哪。每次他都要从山上背一桶水回家,煮茶、煮饭。这个习惯坚持了多年。我见张叔叔身健体瘦,健步如飞,心生羡慕。张叔叔热心,说老钟能留在点苍山拍鸟,他可以给老钟当向导。这点苍山,哪个林子有鸟,有稀奇之鸟,他很清楚。张叔叔说午餐可在寺院吃,那里有个小饭馆,一位老太太做饭,15元一位。老钟一听这张叔叔是为老太太拉生意,当即表示,午饭就在寺院里吃。张叔叔也是心好,说他们这里也有吃的,5元一位,一菜一饭,怕我们吃不好。

中和寺是一个中途停靠站,许多驴友到这里驻足,再攀最高峰。这里海拔2700米,还有近一半才能到顶。张叔叔说上面150米处有个高地旅馆,平时由两个姑娘看着。这两姑娘胆儿大,有一个回家了,另一个姑娘夜晚敢一个人住,了不起。老钟说要看看这姑娘到底长什么样儿,这般胆大,如同古代的侠女,身藏武功,独守山寨。老钟放下包,踏石阶上去了。我待了一会儿也上去了。高地旅馆的门,是一个用蓝漆铁皮包裹的铁门,虚掩着,推开入内,见老钟坐院子里的椅子上与一个瘦弱的姑娘聊天。姑娘个矮,身子瘦小,穿黄色棉袄,像个大学生,让我无法将她与身怀绝技的女侠

山中宾馆小憩

联系在一起。院子里茶树花开得正艳,有红的、粉的、白的。还有杜鹃花、大丽花等。屋子里传出清隽的古琴曲,宁静、雅致。姑娘邀我和老钟到书房坐。这是一间长方形的瓦屋,木棱门窗,明亮、干净、整洁。有大茶台,上摆茶碗茶罐。屋内陈设有几张座椅、几个靠垫、瓷器、桌上的干花、水晶酒瓶、几幅画作、两个烛台,以及挂在窗棂上的玉器、针织品、葫芦小物件,等等。四面墙壁贴着照片,都是驴友登临中和寺的照片,也有与两个姑娘的合照。还有两个小书柜贴墙而立。我问姑娘这些书是不是都是她读的,她说是驴友留下的。一般来这里住宿的人都喜欢带本书来读。

姑娘叫菲菲,河南人;还有一个叫邹小薇的,青海人,回家过年了。菲菲独自看守旅馆。我问菲菲平时干什么,她说看书和听音乐。没有电视,也不上网。这个宾馆是外国人开的。外国人平时在洋人街,有空就来住住,清静几天,再回洋人街。怪不得有大量的英文书。

院子的内墙是一块硕大的山壁,山壁有个"修道洞"。老钟进去看,仅容一人或站或坐,紧贴洞壁摆着供品、香炉。这个小院,因有这个"修道洞"而不凡。我身体粗壮,进去坐下,有些局促。洞内潮湿,泥土味道夹杂蒲草气息,浓重,但不憋闷。隐在里面,能看清小院子。菲菲领我和老钟看了仅有的三个房间,最大的带小露台,就是隔了道玻璃门。露台是建在山岩的水泥台子,可在此喝茶看山景。房间是按床收费,价格不菲。夏天人多,白天能有20多人来这小院喝茶聊天,屋里院内挤满了人。冬季人少,清静。

3. 山岩的历史人文

从高地旅馆出来,下梯阶,走小道,踏着绵软的松针和坚硬的石道,蓦然发现经过的小山道旁茸茸细草里,有两处巨大的摩崖石刻镶嵌于山坡上。

一为"中和位育"。"中和位育",是儒家的核心思想。《礼记·中庸》曰:"喜怒哀乐之未发,谓之中;发而皆中节,谓之和。中也者,天下之大本也;和也者,天下之达道也。致中和,天地位焉,万物育焉。"意思是,按圣人之道治世,就能达到天地间一切事物各就其位,各行其是,呈现勃勃生机、蓬勃发展的景象。国之大治者,民之大幸也。"中和寺"取名由此而来。"中和位育"石刻,清末云南府学增生李维鑫与太和宣成赵文翰的楷书阴刻。

一为"磅礴排奡"。"磅礴排奡",见唐韩愈《荐士》诗:"横空盘硬语,妥贴力排奡。"又有:清王士禛《渔洋诗话》卷上"季木天才排奡,目空一世";清黄宗羲《钱忠介公传》"未有一切大臣听命于武夫之恣睢排奡";清沈涛《瑟榭丛谈》"博山自定《木威诗稿》,竹垞检讨称其镕铸百子,有曰炉风炭之手,古体有似罗浮屈五道士,今体则排奡近人";《清史稿·髡残传》"道济排奡纵横,以奔放胜;髡残沉着痛快,以谨严胜";等等。用在这里,我的理解是:天下策士有傲视群雄之方略,胸怀家国大计。用之,则纵横天下,无所不胜。"磅礴排奡"石刻,腾冲名人李根源民国元年(1912)行书阴刻,苍劲有力。李根源的胸怀和抱负在此隐现。

岩壁题字"磅礴排奡"

两幅石刻,虽经岁月打磨,生出棕褐锈斑,却有苍古之风。伫立青岩之侧,感受凌云之气,大水般冲荡、灌顶。

我曾先后两次邂逅李根源故居。一个是他的出生地,我和同伴刻意寻找的;另一个是他晚年的故居,我偶遇的。又听说大理也有他的"故居"。

李根源是云南名士。

李根源(1879—1965),字印泉,又字养溪、雪生,号曲石,别署高黎贡山人,生于云南德宏州梁河县九保乡,云南腾越(今腾冲)人。光绪二十四年(1898)中秀才,二十九年(1903)入昆明高等学堂。次年留学日本,学习陆军军事,先后毕业于振武学校与士官学校。光绪三十一年(1905)加入中国同盟会;次年春任云南留日学生同乡会会长,《云南》杂志社经理。宣统元年(1909)回国,任云南讲武堂监督兼步兵科教官,旋升总办。武昌起义后,与蔡锷等发动新军响应,成立大汉军政府,任军政总长兼参议院院长,继任云南陆军第二师师长兼国民军总统。1923年,因反对曹锟贿选总统,李根源退出政坛,隐居山中。"吴淞战事"起,与张仲仁等抚伤救民,收敛大批阵亡将士遗骸,葬于藏书五峰山与马岗山。1926年春夏时,游遍横山、尧峰、皋峰、穹窿、邓尉、天池、渔洋、支硎、天平、灵岩、阳山诸山,摩崖题刻访古探幽,历时3个月,撰成《吴郡西山访古记》一书。次年葬母亲阙氏于藏书小王山,建阙茔精舍,经营"松海"十景。1931年,担任《吴县志》总纂,并撰冢墓、金石卷。同时,担任吴中保墓会会长,还创办"善人桥农村改进会"、阙茔小学、成人学校,凿井筑路,绿化山岭,为乡民称颂。抗战胜利后,李根源辞去了云贵监察使之职,回到家乡云南腾冲,积极修建腾冲国殇墓园。李根源一生勤奋学习,挚爱家乡,专研地方文献,著有《曲石文录》《曲石诗录》《景邃堂题跋》《雪生年录》，编纂有《永昌府文征》等，是位文武双全的名士。

机缘巧合，山中"邂逅"补充了我对李根源先生的认知。

多年前，我和同伴翻越高黎贡山时，在腾冲曲石乡江苴村农户家看过《李根源自传》，里面有徐悲鸿为其画的像。那天上午，我和同伴沿龙川江支流行走，沿途打听、"寻找"李根源旧居。龙川江支流是一条浅到几乎断流的河，一路上石头铺满了河床。我们踩着坚硬石路，经村民指点，到李根源少年时的居住地——高黎贡山下曲石镇江苴村。江苴村，是个有历史渊源的古村寨，外界很少有人知晓这个村寨的位置。李根源故居具体在哪个村寨，或许只有当地人知道。寻找颇费周折，我们走了很多路，最终所看到的，是拆毁了的"故居"，当地政府曾申请资金要求原址重建，但还未建好。10年后，我在腾冲城西、临近大盈江畔叠水河村，再次发现了"李根源故居"——一个叫"叠园"的四合院。这是他的晚年居所，1946年兴建，1947年落成，为土木结构、庭院式建筑。

我们沿青石阶梯，至中和寺，坐下小憩。然后老钟进入山林深处，观察拍鸟地形。我一个人沿玉带路，向东坡走。这是一条在山腰凿挖出的石穴路，以石块铺成。山中空无一人，我独自走了好长

亿万年前形成的岩浆流动的"片麻岩"剖面

一段。身边山壁有片麻岩地质遗迹断面,若不是有提示,无法注意到。岩石灰黑,肌理弯曲,水纹剖面,流动、滚沸。亿万年前的岩浆,密度大,质地坚。抚之,冰凉、寒冷。或许整个山都是这般岩层结构。路边峡谷幽深难测,站边缘俯瞰,头晕目眩。岌岌危崖,只有鹰能俯瞰。

路下树林阴森、茂密,丫杈绽出新嫩枝叶,奇花异草,星星点点。满眼盈翠,伴有细碎春花摇曳,平添了几许山魅。走得差不多了,折返,与老钟会合。到中和寺,见老钟从另一方向转回。时值中午,张叔叔和他的护林队正在吃饭,每人一碗菜一碗饭,蹲在水池边，聊天吃饭。我和老钟到下边寺院老奶奶那儿吃饭。菜已备好，置于石桌上——炸虾片、花生米、炒白菜、洋芋肉汤、蒸咸肉，还有茶水。我打量寺院，平坦宽阔，墙边有几株高大的山茶花树，一排的大瓷盆，栽植着山茶树。初春之季，花朵兀自开得旺盛。有没有人看到它们，都不重要。我们边吃边聊边赏花，阳光清澈，野山茶花大如灯盏，一尘不染，明亮熠熠。仙灵之花，生长高山，与人一起见证时光的流逝。花开了，花落了，都是自由境界。做饭菜的老奶奶高大健壮，腿脚利索，一看就是山上山下勤走勤动的老人。饭菜荤素搭配，香糯可口。饭后，老人将我们的水杯灌满。老钟要了一个塑料袋把剩饭带上，撒到林子里，引诱野雉。

絮状云朵，集聚山巅。老人说傍晚有大风。想起多年前在一个小客栈屋顶，看见从点苍山顶被大风撕扯出一片絮云，当地人管这云叫点苍山风云。风起山顶，要刮大风。这是民间的经验。点苍山，大理古域神性之山，民间顶礼膜拜之山。民间的经验，往往比气象部门预测还灵验。若是下雪时登临，或许更有味道。但上山的路，也就不好走了。此次登临，幸运的是，我和老钟没有乘坐点苍山索道，而是从陡坡小山道儿一步一步爬上来的。离开中和寺时，老钟对我说，他想在山上住一晚，和张叔叔一起住，第二天早起拍野雉。他早就有这个想法，并说已经看了住处。就住老奶奶这里，房价不贵。我不拍鸟儿,无心留驻,只想沿玉带路转山走走。张叔叔说,向西边走,全是好风景,有难得一见的山莽谷壑雄奇美境。我决定走一次驴友常说的难走的玉带路。从玉带路往山下崇圣寺三塔,然后进入古城。这条线路,都是石头铺成的路,有些地段路况不好。

张叔叔指着一个铺满落叶的林子,告诉老钟此地是野雉出没之处。老钟进入林子,将剩饭撒在了潮湿的针松叶子上。我向前走,见有警示牌写"前面有塌方,危险"。路边灌木丛中鸟儿多得成群,多是小山鹃,我拍了几张,然后站在那里,等待老钟和张叔叔赶上来。

转个大弯,眼前蓦然明亮:大绝壁和大峡谷,通天连地,携带着逼人的寒气,扑面而来。

大片壁崖像被大刀劈开,露出青黑的石头。山峰与山峰,距离很近,似凝固的闪电,凌厉、坚锐,寒气逼人。丛丛峭壁,悬垂着、倒挂着,直上直下。冷杉生于山壁之下,如幽黑海浪,层层叠叠,汹涌澎湃。那气势,像是随时将人吞没。这里是点苍山冷杉树大片生长之地。这种冷杉,是我国地理位置分布最南的一个树种,生在海拔3000余米的悬崖绝壁,如同大海凝止的涛浪。它造成了我少有的、对苍茫大山的眩晕感。再望山体,俯视深壑,噬魂啮魄;仰望峭壁,如临刀阵。一种大寂填满峡谷，好似天地诞生初始。我的肉身柔软无力。"世之奇伟，瑰怪，非常之观，常在于险远。而人之所罕至焉，故非有志者不能至也。"王安石的《游褒禅山记》，在这里，有了印证。

有段铁护栏已断，宅心仁厚的山民以麻绳捆缚架成的木棍当护栏。相信谁也不敢倚靠，一侧就是百米深谷。路基上方山坡多处塌方。山路潮湿，有些地方还出现了缺口。路段缺口，路基松动。我从缺口那里向下望了一眼，一股寒气冲顶，顿时惊悚。那些从缺口处滑下沟壑的，尽是碎裂的岩石和枯死的树木。柔和山势，刹那间变得狰狞凶险。

点苍山，居高临下，易守难攻，是古城的屏障。战乱频仍时期，交战双方，若有一方抢先占据了点苍山，就有了一半胜算。故此，兵家常常要施先手，占据点苍。以小股之力，搏大股之势，点苍山之大，可藏重兵。我在一份介绍点苍山的资料中摘出了这样一段：

> 唐时，南诏封点苍山为中岳。天宝九载(750)，鲜于仲通讨南诏，进薄白崖，分军欲自点苍山西腹背攻太和城，为蛮所败。贞元十年(794)，西川帅韦皋遣节度巡官崔佐时至云南，云南王异牟寻等与崔佐时盟于点苍山神祠。南宋末，蒙古攻

大理,登点苍山,下临城中。城中危惧,不久弃城走。明初蓝玉等攻大理。大理城西倚点苍,东临洱海以为固。玉等遣奇兵绕出点苍山后,攀木援崖而上,立旗帜,敌遂惊溃。

点苍山十九峰和点苍山十八溪,不是一般游者能体验到的。张叔叔说,一些登山者喜欢冒险刺激,到这个山坡,是家常便饭。玉带路——这个名字多么动听,是后来起的。如果说是"玉带"——这个扎玉带的人,一定是个脾气暴躁的君王。先前山崖没有凿石拓路,路况更差。每到雨季,都有人遇难。一次有几个十八九岁的孩子,被山洪冲走,全部遇难,可惜了,小小年纪。张叔叔一边叹息一边摇头,说登山也要讲究良辰吉日,否则怕有灾难。这山有"神灵",也有"恶灵"。有人不信鬼神,无法无天,敢和天地叫板,这可不行。张叔叔说得我毛骨悚然。

到了峡谷,见有大小光洁圆石堆积沟内。张叔叔又说,某年某月某日雷暴,轰隆隆震塌了一个山崖,将山石冲了下来,那些石头五颜六色,像大块玛瑙、翡翠。那些石头被雨水淋湿被溪水浸着,变得玲珑剔透、五彩斑斓。有一个小伙子,走到桥上,忍不住诱惑,跳到沟里捡石块,被从山顶奔泻下来的大水冲走,再也没有上来。唉,可怜那个小伙子,其实是被"恶灵"用魔障给迷住了,

森林老藤

把石头看成了宝石。"恶灵"引诱了人,人下到了那个陷阱,再也上不来了。

一片土石堆在路中央,碎石大石一片,将路阻断——滑坡地段。上面山石疏松,危险,我们三人快速绕过石堆,不敢停留。再往前走,有小瀑连接山岩,有小溪涓流谷底,水石相击,发出水洗珍珠的声响。小溪之上,有小石桥横跨,两个骑摩托车的年轻穿越者,将摩托车停于桥上,到小瀑布前,用水壶取水。张叔叔问他们怎么过来的,两个年轻人说推车过来的。张叔叔惊诧地摇头,表示不可思议。

我们继续沿细窄栈道,小心谨慎地走。地段艰险,路基塌陷多。有些石头踏踩上去,晃晃悠悠。细看栈道路基,目侧仅有 1.5 米宽。一边是从崖壁凿出的石栈道,一边是幽深如渊、直上直下的峡谷。临峡谷的一边,没有任何护栏。人走栈道,恍如鸟儿悬浮天空。有几个塌陷处,路基仅剩 1 米宽。我头皮发麻,只得贴紧了崖壁走。头顶有巨石悬垂。这是半月 C 形山洞,一半空,一半实。悬在头顶上的巨石凸起如刀,稍不留意就会碰伤头颅。那巨大的、凸起的、悬垂着的石块,像失重的星体,浮动着、漂泊着。

感叹天地自然伟力,塑造了如此巨岩硕崖。尖锐石块,峻嶒峻峭,凌空悬立。沉重大石,上下覆压,左右砥砺。豪杰在此,望而却步;冒险家在此,踌躇不前;观念在此,黯然失色。超验主义和魔幻现实主义频频闪烁,语言的隐喻,被突如其来的堡垒占据,分崩离析。我隐约听见,清风吹进了岩缝,掘出了虬曲的树根。硕大脚印,凌空踩踏;巨大翅膀,驭天而行。难以想象两个穿越者是如何将摩托车推过来的,若是没有高超的走钢丝的本事,决然不敢走。我从塌陷缺口望谷底,头皮直发麻。山下峡谷空空荡荡,深不可测。山风呼啸,恍如鞭子抽打马背,震荡耳鼓,把身上所有汗毛吹得根根坚硬。鹰的飞翔,大概如此。

我继续靠崖壁走,避免岩石撞头。如同壁虎,双掌扒住山岩。脚下不敢随意,如履薄冰。过了这一段险路,或许就好了。忽听山对面张叔叔大声喊:"路不好走,回来啊,回来啊……"

行走点苍山绝壁

张叔叔这一嗓子,没有把我唤回来,倒是刺激了我,我顿时来了勇气。老钟本来就嘲笑我的胆量小。我硬着头皮走,踩着绝壁走,踏着那些疾窜的山风走,跟着山雀划过的弧线走,随一路野茅草指引的路径走。左旋右转,上摇下摆。山路如细绳,巨石如刀尖。山风劲吹,把我的身子吹歪。我不敢再看,只盯路面,不放过任何一块可能松动的石头,因为稍有不慎,身子歪斜,把持不住身体重心,就会摔倒,命丧谷底。

4. 松鼠、山鹊的生存哲学

我咬着牙向上走,树木越来越稀疏,狂风吹得岩石摇晃。满目荒芜苍凉,身边的阳光也变得像枯草一样。不知过了多久,我挪动脚步,走过了这一段石头松动的路。前面路面,似乎宽了许多,但还是不能大意。我踉跄着、蹒跚着,紧贴着岩壁,小心谨慎,盯着路基,像《逃离维苏威火山》(意大利画家雷纳托·古图索[Renato Guttuso]的名画)场景那样,经历着一场度劫。

头顶岩壁消失了,露出了天光。塌陷松动的路基看不见了,我到达了石块镶嵌密实的山路,但依旧是狭窄的盘山小路。这盘山小路两边生满了松树,松针铺得厚厚的,踩上去绵软如被。人走小路,晃晃悠悠。再向前走一段,又一个令人惊异的景况出现了:一颗颗硕大的松果,跌了一地。这里的松果,有别于上山的路上遇到的松树结的松果,也有别于中和寺那里的松果。有的松子,从松果里剥离出来,应该是新鲜的。两只肥硕的松鼠从树上跳下,各叼起一枚大松果,大摇大摆,穿路而过。还有几只小山鹊,将头钻进了疏松的针叶下面,啄食着大颗的松果。我拾起一枚,放进衣袋里。松针粘脚,上面是随风洒落的松油,阳光照射下,闪着缕缕的光芒，有如铺满了稀有真丝绸缎的路。还有一些开着蓝花的野草，从厚积的松针下拱出，干净、鲜灵，水洗一般。草、花、树和棕色松针，是铺满一路的织锦。

野花野果，松鼠山鹛，最为常见。野花野果都不生长的山野，一定是贫瘠的山野；松鼠山鹛都不来的山野，一定是受到伤害的山野。陡峭的山坡，人类无法进入，生态天然。我此时不想再见到刚刚那种残破的山岩和碎裂的道路。我只愿，如同小兽小鸟，自由安然。而它们，也一定经过那些危殆的山石，但比我从容，它们能自由攀走。危险之地，也是安全之所，这是松鼠山鹛们阐释的哲学。对人来说，要好好体会。此刻的我，恍如抵达了一个灵异天地。

到达玉带路北门——类似山口竖立的石牌坊门，一个戴凉帽的瘦高小伙坐在那里，问他下山路往哪个方向走。他不答，木然地坐着。我提高了声音再问，还是不答。我只好自己判断方向，向一条路段走。走几步回头看，那里空空，不见人影。又是一惊，揉揉眼睛是否看花了眼，这山中到底有多少诡异的事？

通往山下的路是盘山碎石路。老钟所说来时若走这条路，盘旋而上要花两三个小时。我已经走了一个半小时了，现在我必须忍受碎石硌脚的疼痛，快步行走。就算走路边杂草绵软之处，也是累脚。我走到了一个拐弯处，坐下休息喝水。

突然有人从路边坡上树丛跳到下坡的路上，直直地双脚并跳，吓我一跳。这是那个瘦高小伙，他直接走下坡的小路，抄近道，比我快。看他穿过碎石大路，又下到路坡下的细小土道儿，便跟着他下坡。果然有湿滑陡斜的小土道蜿蜒着，伸进了松林，直通下边公路。这个瘦高个子年轻人健步如飞，我跟不上，就在后面慢慢下坡。脚下多是松针或踩得滑溜的土坡，一些有松针打滑的地方，我用独脚架拨开，再下脚走，不致摔倒。

难以想象雨天这路会怎样地烂。土路印着牛蹄印儿或羊蹄印儿，只有牛羊能走。走了很久，拐过一块大石，见那小伙儿坐在大石上悠闲地吃橘子。与他打招呼，也不理睬，只顾吃橘子。我继续向坡下走，有如堑壕，独脚架功不可没，若空手走，定会摔跤。有的地方树林密匝，只能攀握或拨开树枝腾身跃过；有的地方，我屁股先坐下，然后再将双脚交替踩踏直上直下的路，或攀上大石，再跳下。这种走法儿，如我当年上军校野外训练课。经过一段平坦土路，再到坡下岔路，进入山下的碎石路。双脚踩踏，咯吱、咯吱，发出摩擦声响。我不时留心路边随时可能出现的小岔路，但已经没有了。只好沿碎石大路，再走一段，前面出现一个路卡。

有路卡说明此段路已走到尽头，随之即是山下。站在高处看，果然看见隐蔽的崇圣寺塔尖。长约千米的弹石路直通山下。天色尚早,于是我放慢步子。脚底火辣辣地疼痛,估计磨出了血泡。

穿过一个有着许多古树的村寨。从建筑看,这是一个非凡的寨子。后来查阅资料知道,这里竟然是方圆十五里唐代初建古城时,南诏王由太和城迁都至羊苴咩城的一角。羊苴咩城,又称"羊苴咩城""阳苴咩城""苴咩城"。故址在今云南省大理白族自治州大理市。唐代南诏国徙都于此,始建城。《集韵·麻韵》:"苴,苴咩城,在云南。"《嘉庆重修一统志·云南·大理府》:"羊苴咩城,即今府志。"《唐书·南蛮传》:"异牟寻入寇,德宗发禁卫及幽州军援东川,与山南兵合,大败异牟寻,异牟寻惧,迁徙羊苴咩城。"城池遗址在今大理古城及其以西地区。羊苴咩城是南诏王宫室和高级官吏住宅区,犹如现今高级领导住的干休所。之后,羊苴咩城大部分毁于兵燹。此地已成村落,是留存下来的一个较为完好之地。

从中和寺到崇圣寺,再到山下,共走了四个小时,中途无歇。我站在大丽高速公路望点苍山,山顶缭绕一缕淡淡云絮。回到杨康客栈,疲惫至极。白天的断崖塌方小路浮现,惊魂未定。虽尘土满面,却无比兴奋。难以相信孤独的自己,从高悬的危岩险壁走出。孤身行走险境,刺激、癫狂,多年没有这种感觉了。窗外,皓月当空,静静地,施洗大地沉梦。点苍山被云雾罩住了,玉带路隐入了黑沉沉的山谷中。现在,孤身在古城,仿佛自己是古时人物,留在客栈,等待另一个侠客归来。想着点苍山玉带路残破如此,不知何时能够重新修缮。

次日上午,我发信息告诉老钟:不要走我昨天走过的路段,要重返上山的森林小道。玉带路太远,时间不够,会误了返昆明的车。昨天杨康为我们预订的车票是今天午后2点的。老钟中午回到古城。他昨夜与张叔叔等护林员睡大通铺,与他们聊天。后来人家打麻将,他嫌吵,后半夜跑到预先订的房间睡了。早上天没亮就起来了,扛着大镜头,潜伏山林,待第一缕阳光漫浸了林子,像约定好了似的,那只雄性野雉从一座高崖飞来,闪亮登场。它的尾巴足有2米长,天仙之态,难得一见。老钟将相机里的雄野雉给我看。他是个性情偏执、放浪不羁之人,不怕山高路远,铤而走险,登点苍山,胆敢与陌生的护林员同睡大通铺!这让我感到佩服。我在点苍山看到了一群古侠客般的人物:神行太保张叔叔、独守客栈的年轻女子、潜伏山林的游侠、骑术精湛的摩托车手、勇闯绝壁的男子……

与杨康结账。杨康打电话,叫中巴车来接,几分钟就到东客运站。上大巴,一路顺利抵达昆明。从西部客运站坐82路车到小西门,找了一个看上去挺不错的宾馆,但内部条件很差,不如小县城普通客栈。房间灯暗,地毯发霉,窗外高楼遮挡了阳光。这让我思念起深山的明媚。那种清澈,是没有世尘浸入的清澈,它能洗濯记忆,唤起念想。

傍晚,我和老钟一起到外面找吃的。临街,全是小杂货铺,没有饭馆。走了很远,快要走不动时,终于见到了一家黄牛米线店,点了两碗黄牛米线。临门而坐,囫囵吞食。当吃到最后一根时,我突然抑制不住哈哈大笑,笑得眼泪都出来了,笑得老板直朝这边看,以为来了个疯子。老钟懵懂地看着我。我止住笑,对这位走南闯北的"鸟人"说,这日子过的,天天吃米线——早餐贵州羊肉米线,中餐蒙自肥牛米线,晚餐唐会小黄牛米线。我们的胃里,全是米线,能缠呼啦圈儿了。

我问老钟,你知道云南米线有多少种吗?小锅米线、旺肠米线、豆花米线、凉米线、卤米线、麻辣米线、正宗过桥米线。几块钱的、几十块的、100多块的,我全吃过!老钟说,不管吃多少米线,活着、没完蛋,就好。他严肃地对我说,在高黎贡百花岭多天拍鸟,不如点苍山一天拍野雉。他第一次诚恳地感谢我关键时刻强硬留他,且能迁就和包容他这个性情偏执、脾气很差的人,让他获得了在他看来已经是"遗憾"的滇西之行中的一个"纯属意外"的成果。

夜晚无处可去,我待在阴冷的房间看书,隐约中,听见对面老钟孩子般夸赞张叔叔,说下次定要到他家看看,陪老人家喝点酒。

我含含糊糊地说真的应该感谢大理点苍山护林员张顺喜叔叔,没有张叔叔鼎力帮助,很难拍到点苍山野雉。那野雉就像久别的故人,蓦然相遇,惊喜异常。偏执之人自有福报,收获了来之不易的东西。回京之后,我到国家图书馆查阅有关鸟的资料,对照老钟拍摄的野雉图片,发现这不是一般的野雉,是白腹锦鸡,这种珍禽在缅甸东北部至中国西藏东南部、云南西部、四川南部、贵州西部、广西等地的寒区才有。为国家二级保护野生动物,濒危鸟类。它生存于海拔1800~3600米的山林,是天堂之鸟、稀世之鸟。羽翎以雄性为最美。我将《中国鸟类野外手册》"雉鸡篇"对雄性白腹锦鸡的描述抄录于此:

> 雄鸟白腹锦鸡,中等体型,长约150cm,色彩浓艳独特的雉鸡。头顶、喉及上胸为闪亮深绿色,猩红色的冠羽形短,白色颈背呈扇贝形而带黑色羽缘,背及两翼为闪亮深绿色。腹白,腰黄色,尾羽特形长而微下弯,为白色间以黑色横带。少许形长的尾覆羽羽端橘黄色……

同样行走点苍山,老钟千辛万苦在山里住了一晚,拍到了世界珍禽,真是有福。

跋：孤独的地志学

我老家的大宅院，是民国时所建砖木结构四合院，抬梁式建筑，砖雕木雕风格，也是一个乡绅的庭院。有关这套房产，还有一个离奇得让人不敢相信的故事。

我父亲年轻时，在外经营生意，一次发洪水，他恰好路过故乡的大清河，发现河畔树林子里有一个很大的水洼。父亲判断这个水洼里一定有鱼。果然，熟识水性的父亲在这个水洼里捕捞到了两担子白鱼。这些白鱼来自何处？毫无疑问，是上游的水库开闸放水冲下来的。他将这两担子白鱼挑到市场卖掉，用所得的钱买下了当地乡绅的这座庭院。那位乡绅，因为举家移民，急于将宅院卖出。于是我父亲用卖鱼的钱买下了这座宅院。这在我们家来说，是一件很大的事。宅院四周，有苍翠老槐。前后田园，畦畛分明，果树葳蕤，草木葱翠。大门楼两侧有两块大理石，"文革"时期，巨石之上的抱鼓石雕被砸碎丢弃，但两扇镶嵌铜环的大门还在。这两扇大门于1976年营口地区地震期间拆下。而最值得记住的，是父亲为了保护大门内墙两侧的楹联不遭损毁，用水泥将其抹平遮盖。多年后，父亲将水泥剥开，露出里面的一副行楷楹联。左为"谦光受益"，右为"和气致祥"。红漆依然鲜润，漂亮至极。

也正是这座宅院，让我家"文革"时期遭了难。有两处宅子被分割出去，前后园子也不同程度地被瓜分。再后来，随着母亲去世，我家庭院便被掠夺，成了他人的宅屋。无奈的父亲，只好移居沈阳，投奔儿子。再后来，因为后来的宅院主人胡乱翻修，把好好的一个庭院的格局完全破坏。

从那时起，这座美轮美奂的庭院在我的记忆里化为泡影，剜肉刮骨般沦陷了。

我17岁当兵，35年过去了。我从戍边士兵到军校学生，再到军队艺术学院教师，再到退役，半辈子军旅生涯，四海为家，居无定所。故乡的老宅，在我心里却遥不可及。那条"家训"时时映现。记忆以梦幻般的曲折迂回，悖反了认知。但是，不管是柏拉图式的还是奈保尔式的，诸多解释不清或难以诉说的因素时时在心。我体验到了丢掉信仰、缺失敬畏的可怕。离家数十载，我几次返回故里，但已失去了庭院，失去了整个历史。我无法返乡。我成了无根的孩子，成了四处游荡的"悬浮人"。

往事不堪回首。而乡愁的滋味，又怎能够慰藉内心？

其实，我只愿看到传统的赓续。因为，对一个国家来讲，要保有历史人文和自然生态，又要有自我更新的能力，即便身处世界经济变革大潮，也能以独善其身的方式着陆。但我们需要的是，理性。对一个人或一个群体来讲，只有尊崇人类尚存的精神史和自然史，才会拥有属于我们自己的考古学、植物学和心灵史，而不是行尸走肉的人。事实上，人的精神史，并不是稀缺的，而是要去发现的；并不是被迫的，而是从容相随的。虽然我们生活在一个不停"到来"又不停"离开"的信息时代？

我要寻找心灵的慰藉，到庞杂的现代文明难以进入的中国西部山区，到资本难以抵达的"边地"。那里，有乡梓延绵的传统。我孤独进入，带着敬仰，探寻秘密。我从 21 世纪初行走横断山以南。我在这些地区，发现了原生态的中国乡村。我期待的是，自然与人性的契合。

我渴望的是，每一个乡村都有属于自己独特的、纯正的地志学。

与我小时候的感受一样，我站在异乡的河岸，与站在故乡的河岸，没有什么不同。

闪着粼粼波光的河流，将我的内心照亮。它是独特的文本，不是简单的游历；它是神性的探寻，不是走马观花的摄像。生命图腾和大地族谱都隐蔽在了坚硬或柔软的历史岩层里。我把手伸进石头的缝隙，摸到的，不再是冰冷的，而是灼热的、有着灵魂脉动的生命。

  我从心里扫除掉"弃儿"之惑。我在充满险境的西部边地看到了许多我曾经拥有的存在。我跋涉河流，攀缘山岭，穿越森林，进入村寨，晤会这个时代边地的农人，体验到了山河大地的流变给他们带来的影响。痕迹明晰，气息直接。我以文字和图片，记录下那些醇正的乡村体验。权作对失去的，做一次"安魂弥撒"。或为过去了的影像，做一份有意义的备案。也是为了那个抹不掉的胎记和那份过早失去的母爱。

2024 年 3 月　北京